Scrittori italiani e stranieri

La mia anima è ovunque tu sia

Partì verso le somme colline, la terra ancestrale che l'avrebbe aiutato nel vortice del vento nero, sentendo com'è grande un uomo quando è nella sua normale dimensione umana. E nel momento in cui partì si sentì investito, in nome dell'autentico popolo d'Italia, ad opporsi in ogni modo al fascismo. Era inebriante una tale somma di potere, ma ancora più inebriante era la coscienza dell'uso legittimo che ne avrebbe fatto. Ed anche fisicamente non era mai stato così uomo, piegava erculeo il vento e la terra.

BEPPE FENOGLIO, *Il partigiano Johnny*

1

Bosco di Costamagna, domenica 25 aprile 2011, ore 9

Chi trovò il corpo di Domenico Moresco pensò subito a un infarto. Il sangue sulla fronte era un graffio aperto dai rovi. Nessun'altra ferita faceva pensare a un delitto. Nella domenica di Pasqua, poi, che quell'anno era anche la festa della Liberazione. Chi avrebbe potuto uccidere il capo partigiano Moresco, e proprio in un giorno due volte sacro? Eppure fu chiamata lo stesso la polizia.

Moresco era una persona importante. Uno degli uomini più ricchi di Alba, forse d'Italia. Il fondatore di un piccolo impero. Certo, nulla che potesse reggere il confronto con i Tibaldi. Una cosa diversa. Tibaldi era un marchio conosciuto in tutto il mondo: il primo produttore d'Europa. Moresco era per i raf finati. I vini Tibaldi si trovavano in ogni supermercato; quelli di Moresco solo nelle enoteche. Il bianco Tibaldi apriva la carta dei vini dei ristoranti cinesi; lo chardonnay di Moresco era il preferito dai poten ti di Shangai. La barbera Tibaldi era un affare. Il barbaresco Moresco era un mito.

Il commissario si accorse presto che qualcosa non tornava. Arrivando nei boschi sopra Costamagna, aveva notato una vecchia Panda rossa che si allontanava con una fretta non da domenica mattina. Il fuoristrada di Moresco aveva una gomma a terra. La sua piccola zappa era sporca di terra fresca: doveva aver scavato qualcosa. Cadendo nel fango, il suo corpaccione di un metro e ottanta per ottant'anni di bevute e mangiate aveva lasciato un'impronta, come un calco. Attorno, segni di stivali.

Il commissario pensò che nulla era al suo posto, nella morte di Moresco. Non se ne stupì: ormai sapeva di essere finito in una terra crudele, se necessario anche più dell'Aspromonte da cui veniva. Non era al suo posto neppure il cagnolino. Non guaiva sul corpo del padrone. Non abbaiava neppure. Mezzo nascosto dietro il tronco di un faggio, stava divorando il tartufo.

2

Alba, giovedì 19 aprile 1945, ore 2 del mattino

La fucilata di Domenico Moresco fece saltare il chiavistello della canonica con tutta la serratura.

«Sei matto? Vuoi svegliare mezza città? Anche le spie e i fascisti?»

«I fascisti se ne stanno zitti e buoni, hanno capito che non è più aria per loro. Non posso restare qui a bussare tutta la notte. E sono vent'anni che non entro in chiesa, porco...»

«Così volevi fare un ingresso spettacolare. Bravo. Almeno non bestemmiare. Porta già male entrare in chiesa sparando.»

«Alberto, *ciutu*! Zitto anche tu, come i fascisti. Sentilo. Il parroco arriva, finalmente» disse Moresco con un sorriso di vittoria.

Anche don Tadini aveva il fucile in mano. Di quei tempi, pure i preti avevano imparato a sparare. Da quando poi gli era capitata in casa quella grana, dormiva con il fucile sotto il letto.

«*Chi je lu?*»

«*Suma nui, preive. Braja nen.* Non urlare.»

Chiamandolo "prete" e basta, Moresco non voleva solo metterlo in soggezione. Voleva dirgli che tutto era cambiato, con la guerra. Ora non aveva paura di lui, e neanche particolare rispetto. Neppure i contadini e i poveri della città si sarebbero più chinati davanti al parroco.

«Cosa volete?»

«Lo sai.»

Don Tadini capì che si metteva male.

3

San Benedetto Belbo, domenica 17 novembre 1963

Amilcare Braida aveva sempre pensato che novembre fosse il mese migliore per morire. Soprattutto in Langa.

In Langa, a novembre comincia a maturare il vino. Nascono i tartufi. Le viti prendono tutti i colori: rosso, granata, viola, rubino. Non fa freddo, e alla fine delle giornate di sole scende la nebbia come una coperta.

Amilcare Braida stava in effetti morendo. Ma la morte precoce, che aveva sempre considerato un colpo di fortuna, gli pareva ora affrettata. Non che ne avesse paura. Nella guerra partigiana l'aveva, se non cercata, attesa parecchie volte. E nelle notti d'inverno gli era capitato di raccontare ai compagni, sia ai garibaldini sia agli autonomi, la storia di Cleobi e Bitone: l'aneddoto che il professore di greco tirava fuori al primo giorno di scuola per impressionare i liceali, come per distinguere fin da subito chi potesse reggere la crudeltà dei classici e chi no. La madre di Cleobi e Bitone è una sacerdotessa. Deve andare al tempio, ma non si trovano i buoi, e i ragazzi si offrono di tirare il carro. Commossa, la sacerdotessa implora la dea Era di concedere ai figli il meglio che possa avere un uomo. Il mattino dopo, li trova tutti e due morti. «*Ariston me funai*»: la cosa migliore è non essere mai nati, o comunque morire presto.

I partigiani reagirono in modo diverso. I garibaldini si sdegnarono molto: l'uomo è destinato all'azione, alla vittoria, alla rivoluzione; la morte era cosa da fascisti. Cominciò a girare la voce che Amilcare portasse male. Gli autonomi lo ascoltarono in silenzio, ma neppure loro rimasero poi così impressionati. Tutti si voltarono verso Tobia, il capo, che aveva sempre una parola per tutto.

«Per quanti chilometri hanno tirato il carro?» chiese lui.

«Per quarantacinque stadi.»

«Sarebbe?»

«Più o meno otto chilometri.»

«Prova tu a tirare come un bue per otto chilometri. Verrebbe anche a te un bell'infarto. Con tutte le sigarette che fumi, poi.»

Quella risposta gli era piaciuta. Anche per quello era rimasto con gli autonomi.

Alla fine le sigarette non gli avevano fatto venire l'infarto, ma di peggio. Amilcare era ormai rassegnato a morire senza finire il romanzo della vita. Ma la storia del tesoro della Quarta Armata, no. Quella, prima di morire, la doveva assolutamente raccontare.

4

Capri, domenica 25 aprile 2011, ore 9 e 30

Antonio Tibaldi era sul terrazzo in accappatoio. Ad aprile, come a dicembre, amava cercare il Sud. D'estate faceva caldo dappertutto, anche ad Alba. A fine aprile, ad Alba in certi giorni era ancora inverno. Lui, a fine aprile e a inizio dicembre, prima che arrivassero i turisti e dopo che gli ultimi erano partiti, apriva la villa di Capri. I suoi amici di Napoli gli dicevano che pareva Axel Munthe, o forse persino Tiberio, quando con una posa da esteta o da imperatore indicava all'orizzonte il Vesuvio, Sorrento, Praiano agli ospiti che per compiacerlo fingevano di ascoltare per la prima volta. Tibaldi lasciava dire. Di Tiberio sapeva a malapena che era un antico romano. Di Axel Munthe, che era un *cupiu*.

Tibaldi non era un uomo raffinato. Era però favolosamente ricco e molto accorto. Da giovane era stato un grande lavoratore. Non aveva combattuto nella Resistenza. Era riuscito a restare nascosto, e non in una tomba, come aveva fatto qualche ignavo che visse quei mesi come morto. I sacerdoti avevano preso Tibaldi con loro, in seminario. Mesi e mesi senza uscire, neppure di notte. I fascisti erano di stanza al convitto, lì vicino. Per questo padre Bergoglio, il rettore, gli aveva proibito di farsi vivo in giro. Se si vedevano tedeschi, o arrivava anche solo la voce che si erano visti sulle colline, il padre gli portava un abito talare, e lo obbligava a vestirsi pure lui da prete. E quando anche il seminario fu requisito, padre Bergoglio lo prese con sé nella canonica. Tibaldi lasciava fare. Era grato a quel sacerdote che gli aveva risparmiato la guerra e sembrava amarlo di un sentimento purissimo. Ma qualche volta si sentiva in colpa, provava la vergogna dell'imboscato, e gli chiedeva di poter uscire, per raggiungere gli amici e battersi. Allora padre Bergoglio gli prendeva la testa tra le mani e sussurrava: «Taci. Vai a dormire. Verrà il tuo momento. Presto ci sarà un'altra guerra, non meno importante, e anche tu la dovrai combattere. Adesso però riposa».

Suonò il telefonino. Era l'ufficio di Alba. Tibaldi ebbe un moto di fastidio. Il segretario capì e rispose lui. Tibaldi gli sentì dire poche parole: «Cos'è successo?», poi: «A che ora?», infine: «Dove l'hanno trovato?». Il segretario non sembrava molto scosso. Stava ancora pensando a come dare la notizia senza turbare il capo, quando sentì la sua voce, un poco più bassa del solito:

«A chi è toccata?»

«Domenico Moresco. Infarto. Be', del resto aveva passato gli ottanta da un pezzo...»

Si interruppe, di fronte allo sguardo scuro del capo. Pensò di aver fatto una *rupia*. Tibaldi però doveva avere almeno cinque anni in meno del morto. Il segretario tirò il fiato. Aveva fatto gaffe peggiori con quell'uomo strano e diffidente, che sorrideva quando gli altri vedevano nero e si incupiva se ogni cosa pareva andare bene; e aveva informatori nella polizia che gli riferivano tutto anche in una città dove non succedeva mai nulla.

«*Dutùr*, faranno i funerali non prima di due giorni. E gli ospiti americani ripartono stasera. Quindi tutto be...»

Tibaldi stava già gettando via l'accappatoio. «Fai chiamare l'elicottero. Rientriamo subito ad Alba.»

5

Alba, giovedì 19 aprile 1945, ore 2 e 10

«Moresco, è inutile che insisti. Non posso dirti dov'è il denaro. Non posso dirti neppure se c'è. Chi ti ha detto che ce l'ho io? Come ti viene in mente?»

Don Tadini si era un po' ripreso. Era pur sempre il parroco della Madonna Moretta. Un uomo temuto dai suoi parrocchiani e rispettato in tutta Alba. Ma Moresco aveva l'arroganza dei vent'anni e della guerra. E pensò che la fucilata gli era venuta proprio bene.

«*Preive*, crederai mica che siamo *belinuti*? Che siamo *gadan, gadola, endernà, tabalori, beté*?» disse beffardo, alzando ogni volta il tono. Poi rise, pensando a quanti sinonimi di "stupidotto" fornisce il dialetto piemontese. Praticamente tutti quelli francesi e tutti quelli italiani. Del resto, è così che i piemontesi sembrano: stupidotti. Moresco però sapeva che alcuni, in particolare i preti, sono furbi come diavoli. E la più grande astuzia del diavolo è sembrare stupido.

«Caro *preive*, noi abbiamo mille occhi. Anche dentro la tua parrocchia. Credi che saremmo sopravvissuti due anni sulle colline, braccati come bestie, se non avessimo avuto informatori dappertutto? Sappiamo bene cosa nascondi. E siamo qui per prenderci quel che ci spetta. La nostra parte.»

A sentir parlare dei suoi parrocchiani come di informatori dei partigiani, e per giunta dei partigiani sbagliati, i comunisti, don Tadini ebbe un altro soprassalto di coraggio.

«Tu, tu, tu. Cosa sai tu? Fate gli eroi in collina. Ma cosa sapete di come vive davvero la gente? Dei poveri che vengono qui a chiedere il pane e qualche soldo per campare? Cosa sapete di quello che ci aspetta? L'Italia è in tocchi. Le città sono distrutte. Abbiamo ancora i tedeschi e i fascisti sul collo. Il governo è a Roma, che ne sa? Chi ricostruisce? Meno male che c'è la Chiesa. La Chiesa salvezza d'Italia: come sempre, nei tempi bui. Dovresti ringraziarmi. E invece entri qui, di notte, apri con una fucilata, come un ladro...»

Moresco d'istinto andò di nuovo verso il fucile.

«Sono io, siamo noi, è la gente come me che ha liberato l'Italia. Tocca a noi ricostruirla. Mentre i tuoi parrocchiani dormivano nei letti ben caldi, noi passavamo le notti abbracciati come *cupiu* per scaldarci. E quando arrivavano i fascisti, che fino a ieri erano amici vostri, chi di noi non era abbastanza lesto per scappare veniva pestato, torturato, fucilato, appeso. Mostrato a tutti come un trofeo. Come un fagiano. L'unica fortuna era morire in fretta.»

Don Tadini fece un gesto come per scacciare un'immagine che lo atterriva.

«Ne ho forse colpa io? Io ho benedetto quei corpi. Anche i corpi dei tuoi compagni. Ho mandato in paradiso tanti comunisti. Quando i partigiani sono entrati in Alba, anch'io sono andato a suonare le campane. Poi però, quando i fascisti sono tornati, voi partigiani non eravate lì a difenderla. Scappati come tordi. E i fascisti hanno fatto i comodi loro.»

«I miei non sono scappati. Noi abbiamo combattuto, sotto la pioggia, sulla collina di Villa Miroglio. Abbiamo lasciato Alba con onore. E i fascisti si sono dovuti suonare le campane da soli.»

«Questo è vero.»

Ci fu un attimo di silenzio. Il prete e il partigiano respirarono forte, per riprendere fiato dopo la discussione. Era freddo, e il fumo dei loro respiri si mescolava. Poi parlò Alberto, che fino a quel momento era rimasto in silenzio.

«Prete, portaci a vedere l'oro.»

«Non posso. Non posso decidere io. Così. Da solo. Tornate domani.»

«No. Domani troveremmo i fascisti o i tedeschi ad aspettarci.»

«Penserai mica che io...»

«Magari tu no. Ma qualcuno potrebbe averci visti. Si decide tutto stanotte» concluse Moresco, dando un altro strattone al fucile.

«Sia. Aspettatemi qui.»

«Quanto tempo?»

«Almeno un'ora.»

«Abbiamo mezz'ora, non di più.»
«Non sono Bartali. Ho detto un'ora.»
Moresco era per Coppi, ma stavolta gli mancò il fiato per replicare.

6

San Benedetto Belbo, lunedì 18 novembre 1963

Amilcare Braida si sforzò di andare ad aprire di persona.

«Ciao Johnny.»

«Ciao Alberto. Entra. Sono felice di vederti.»

Gli piaceva che i vecchi amici lo chiamassero con il nome da partigiano, gli piaceva fare lo stesso con loro. E Alberto, almeno finché era rimasto con gli autonomi, era stato tra gli amici più cari. Lui, Johnny, aveva fatto il percorso inverso: aveva cominciato con i garibaldini, e se n'era andato. Alberto invece aveva cercato i garibaldini per tutte le Langhe e quando li aveva trovati era passato con loro.

Neppure Alberto amava i commissari politici, l'indottrinamento, la disciplina. E forse neppure lui era davvero comunista. Ma era convinto che la guerra doveva essere davvero guerra di liberazione. Dai preti, dai padroni, dai ricchi. Si combatteva per la terra, per i mezzadri cacciati nel giorno di San Martino, per riscattare la malora in cui erano vissuti i padri e le botte che i fascisti avevano aggiunto al conto. Johnny faceva la guerra per necessità, per dovere. Per moralità, e anche per epica. Alberto aveva dentro una rabbia da fascista. Se c'era da sparare, sparavano tutt'e due. Alberto ci metteva qualcosa di suo.

«Fumi?»

«Johnny, tu non dovresti fumare.»

«Sono le ultime sigarette. Lo sai. Lo vedi.»

«Ti fa molto male?»

«No. Ma sono sempre senza fiato. Come quando eravamo in collina. Ricordi? Non facevamo altro che scappare.»

«Hai ragione. A perdifiato, giù dai *rivàs*, su per i pendii, scivolando nella neve, con i cani dietro, e le fucilate. Eppure, era bello.»

«Alberto, ho bisogno di parlarti» disse Amilcare Braida, con un tono di voce che non era il suo.

Alberto fece finta di non aver sentito. Gli piaceva guardare i libri del suo amico. I sonetti di Shakespeare in inglese: «*Love is not love / which alters when it alteration finds...*». I fogli con gli appunti. Le pagine cancellate e riscritte. Sapeva che Johnny gliel'avrebbe fatta vedere, ai signori di Torino. Alla fine, il grande romanzo sulla guerra partigiana non l'avrebbero scritto i letterati, ma un impiegato della Tibaldi Vini, che scriveva le bolle di accompagnamento per l'America nell'inglese di Shakespeare.

Fu allora che la vide. Era sicuro che quella foto non fosse mai stata lì, e che Johnny gliel'avesse fatta trovare. Bellissima. Non la vedeva da tempo, perché da tempo non riusciva più a sognarla, ma gli fece lo stesso effetto di sempre: non ricordava che fosse stata così bella. La guardò negli occhi chiari e nel sorriso a forma di cuore. Come sempre, cominciò a piangere.

7

Alba, domenica 25 aprile 2011, ore 12 e 30

Ci voleva l'orecchio allenato di un poliziotto per sentire la telefonata dell'oste, nella trattoria piena per il pranzo della domenica.

Al tavolo d'angolo, il notaio e il farmacista erano ancora agli antipasti. Il profumo denso della bagna cauda si sentiva fin da via Maestra. Al tavolo rotondo di fronte alla cucina, il commendator De Tomasi aveva accomodato tutta la famiglia, compresa la suocera quasi centenaria. Nella tavolata accanto alla toilette, il tartufo nero affettato in libertà pure sul vitello tonnato segnalava infallibilmente una comitiva di tedeschi, forse addirittura svizzeri. Infatti avevano ordinato il barolo di Moresco.

«Se fossero di Alba tutti i "tartufi d'Alba", qui le *trifule* dovrebbero spuntare sugli alberi come ciliegie...» rise il farmacista, che era di famiglia burlona: pittori, inventori, insomma artisti; geniali ma un po' imbroglioni. Il notaio sorrise freddo, e solo allora il farmacista ricordò che il padre commerciava in tartufi. Cercò di rimediare con un'elegia a occhi chiusi: «Senti che profumo. Hai sentito? Sembra di essere già sottoterra...».

L'oste invece era figlio illegittimo del più ricco ristoratore della zona, che assaggiava ogni nuova cameriera e non si sapeva tenere; quando poi il bambino compiva ventun anni, gli apriva una trattoria.

L'oste stava grattando il tartufo agli stranieri quando suonò il telefono. La notizia che ricevette lo lasciò non proprio appagato, ma neppure affranto. Semmai, confortato in una previsione.

«La vita è lunga, il tempo è galantuomo...» mormorò. Poi si chinò all'orecchio del farmacista per dirgli: «Hanno scorciato Moresco».

L'ispettore pensò di andare a vedere le carte subito, e cavare all'oste quel che sapeva. Poi si disse che non valeva la pena far freddare le lumache e la fonduta. Non è vero che il tartufo si apprezza di più con l'uovo. L'uovo è sempre troppo cotto o troppo poco. Naviga nell'olio, peggio se olio al tartufo. Il rosso è troppo carico di sapore, e il bianco non sa di niente. Molto meglio la fonduta. Solo allora il tartufo, tagliato sottile, sprigiona un profumo così intenso che pare davvero di essere sepolti nella terra. E a quel punto anche una barbera di Tibaldi, come quella che gli consentiva il suo stipendio da statale, poteva andare benissimo.

L'ispettore si versò ancora un sorso, per accompagnare l'ultima lumaca. Amava quel sapore da ostrica volgare, di terra. Poi chiese il conto. Notò che ormai era considerato uno del posto, visto che gli portarono un foglio di carta a quadretti, con lo sconto segnato a matita. Una frode fiscale con la complicità di un ispettore di polizia. A Napoli non avrebbero fatto meglio. Pagò, senza lasciare la mancia, e chiamò la questura, per sapere dove l'avevano scorciato, Domenico Moresco.

8

Alba, giovedì 19 aprile 1945, ore 2 e 40

Quando don Tadini arrivò sulla sua bicicletta in vescovado, chi doveva sapere già sapeva, e l'aveva preceduto.

Il vescovo era in camicia da notte. Ancora più diafano del solito. Bianco latte. La pelle lucida pareva appiccicata alle ossa, come certi Cristi della Spagna interna: statue di Dio ricoperte da pelle d'uomo.

Il vescovo aveva fama di santo, ma anche di uomo debole. E sapeva di esserlo. Quella notte, poi, era terrorizzato. Si sentiva come se tutti i partigiani delle Langhe stessero per entrargli in camera da letto con i mitra spianati, a farsi consegnare l'oro nascosto in tutte le chiese d'Italia.

Prima di arrivare ad Alba, il vescovo aveva lavorato alla segreteria di Stato, con l'uomo che adesso era il Papa. Conosceva bene Pacelli, e il suo silenzio sui nazisti non l'aveva stupito. Il Papa non era un santo. Era un diplomatico. Parlare non sarebbe servito a nulla, anzi. La disposizione comunque era arrivata anche ad Alba: salvare i perseguitati, aprire i conventi, le chiese, le canoniche. E tacere. Il vescovo però non ne aveva bisogno: la sua santità gli imponeva di accogliere ebrei e partigiani; e la sua debolezza gli suggeriva di stare zitto. L'unica differenza tra lui e il Papa era che Pio XII era stato in Germania in tempo di pace, e fino all'ultimo continuava a preferire i neri ai rossi. Il vescovo aveva conosciuto i tedeschi in guerra, aveva visto di cosa erano capaci, era caduto in ginocchio di fronte alle case bruciate, aveva offerto invano la sua vita in cambio di quella degli ostaggi, aveva benedetto i corpi degli uccisi, poveri resti di uomini e di donne, carni senza occhi, mani senza unghie, segni di un'agonia senza conforto, di una morte data senza un'ombra di compassione, di una vita strappata via con forza, come si cava un dente. Tanti partigiani erano senzadio; ma erano pur sempre i figli dei contadini di Langa. I nazisti parevano divinità pagane che reclamavano sacrifici di sangue. Il Papa, al sicuro dietro le mura del Vaticano, non poteva saperlo. Lui sì. Nessuno poteva essere peggio dei nazisti. Forse i comunisti veri, i russi. Ma quelli erano lontani le mille miglia. Adesso alla porta c'erano altri comunisti, i nostri. Gente decisa. Indurita dalla guerra, scavata dalle privazioni, infiammata dall'odio. Venuta a prendersi la sua parte.

Questi e altri pensieri, tutti spaventosi, attraversavano la mente del vescovo, mentre pregava. Pregare lo rilassava e lo aiutava a riflettere. Fino a quando il borbottio dei paternoster fu interrotto da passi decisi, che il vescovo conosceva bene. Era un prete di un'altra tempra. Di quelli che in tempo di guerra dormono vestiti.

«La stavo aspettando. Grazie di essere venuto, padre Bergoglio.»

9

San Benedetto Belbo, lunedì 18 novembre 1963

Virginia era lì. I capelli nerissimi. Il collo alto e dritto. Le piegoline ai lati del sorriso. Lo sguardo di chi ha patito un torto, e non consentirà più a nulla e a nessuno di esercitare un potere su di lei. Di Virginia ogni cosa, dopo tanti anni, gli era ancora familiare. E poi la bocca a forma di cuore.

"Dev'essere difficile portare il cuore a fior di labbra. Potrebbe graffiarsi contro ogni spigolo, sanguinare tra i rovi dei boschi, raffreddarsi ai primi geli. Devi essere più prudente, quando vai in giro con il tuo cuore sulle labbra..."

Alberto non aveva mai più scritto lettere d'amore. In città, con la pace, aveva verificato che molte donne avevano bisogno d'altro. Tenerezza, certo, parole dolci, ma pure soldi, potere, sicurezza, sesso, magari anche violento; l'amore per loro era questo. A Virginia però le sue lettere d'amore piacevano molto.

«Ci pensi ancora?» gli chiese Amilcare Braida d'un fiato, indicando la fotografia con gli occhi.

«Tutti i giorni. Per tutti i giorni della mia vita ho cercato lo sguardo della donna che amavo negli occhi di un'altra. E a lungo l'ho anche trovato.»

«Hai mai perdonato Moresco?»

«Non lo so. Non so se avrebbe potuto salvarla. Tu cosa pensi, Johnny?»

«Non penso. So che pure lui la amava. E anche lui deve averla cercata per il resto della vita. Tu hai sposato la sua migliore amica. Lui ha sposato sua sorella.»

Alberto si riscosse, con una voce un po' seccata.

«Mi hai chiamato per mostrarmi una fotografia di Virginia? Non credo. Ne ho anch'io, e di più belle. Pensavo mi avessi chiamato per parlare di soldi. Quand'è che ti decidi a raccontare la storia del tesoro?»

«Appunto» sorrise Braida, con la sua ironia triste. «Appunto.»

10

Serralunga, domenica 25 aprile 2011, ore 12 e 45

La domenica in cui morì suo padre, a Roberto Moresco toccava il weekend con Lavinia. Per fortuna aveva il cellulare acceso, e la moglie lo trovò subito.

Roberto era un bello. Capelli biondi lunghi sulle spalle, buoni sarti, cultura non profonda ma brillante. La guida del settore commerciale del gruppo non lo distoglieva dalle donne, anzi lo incentivava; soprattutto da quando il padre gli aveva affidato pure le attività all'estero. Le donne gli facevano lo stesso effetto dei soldi: più ne aveva, più ne desiderava; e, come i soldi producono altri soldi, aveva imparato che farsi vedere con una bella donna richiamava altre donne. Le amiche della fidanzata del momento erano le prede più facili. Talora anche le sorelle gli si erano offerte. Ma lui era un tipo spregiudicato, non una carogna, e le aveva respinte "con gentile fermezza"; come poi era corso a raccontare agli amici, con l'aria di chi si abbandona a chissà quale confidenza ma in cuor suo preferisce fare invidia che pietà. Con le donne, una in ogni capitale dove faceva affari, sapeva anche essere dolce, premuroso. Infatti molte gli erano sinceramente affezionate.

Roberto non si era mai chiesto se sapessero. A volte fantasticava che si conoscessero tra loro, e magari di riunirle tutte insieme, come all'ONU. Nell'attesa, si era impadronito delle varie regole del mentitore, a cominciare dalla prima: ogni menzogna deve avere un fondo di verità; e non si deve mai lasciare il cellulare spento troppo a lungo.

«No, amore, non sapevo ancora niente. Mi consola averlo sentito dalla tua voce. Ti sono grato per questo. Torno subito ad Alba. Sì, lo sai, te l'avevo detto, sono in Svizzera. Ci metterò almeno tre ore.»

«Che cosa hai raccontato a casa stavolta?» gli sorrise Lavinia, con un tono complice che però nascondeva la solita vena polemica.

«Mio padre è morto» disse lui, prima di mettere una lacrima.

Lei lo abbracciò e scoppiò in singhiozzi: «Abbiamo perso un grand'uomo!».

Si strinsero a lungo. Poi Lavinia cominciò a parlare mentre lo accarezzava, come per lenirgli il dolore.

«Tuo padre era un uomo forte. Straordinario. È stato un soldato per tutta la vita; eppure sapeva anche godersela. Ha costruito un impero dal nulla. E aveva saputo capirti, accettarti. Aveva accettato anche me.»

Lui le fece cenno di tacere.

«Non ti va di parlarne? Non vuoi dirmi neppure com'è morto?»

«L'hanno trovato nei boschi. Dicono... dicono che forse è un infarto. Ma potrebbero averlo ammazzato. Aveva dei nemici. Qualcuno lo minacciava, lo ricattava.»

Lavinia rimase in silenzio, angosciata. Lui calcolò che per scendere ad Alba dal castello tra le vigne affittato per il weekend non ci voleva più di mezz'ora, anche ad andare piano. Aveva almeno due ore e mezza da far passare. Così le accarezzò la nuca, tirandola a sé, come quando aveva voglia di fare l'amore. Lei sulle prime lo respinse, ma lui insistette. La prese con la stessa voracità con cui il cane del padre si era divorato il tartufo.

11

Alba, giovedì 19 aprile 1945, ore 3

Don Tadini esitava. Padre Bergoglio taceva, il volto immobile dietro il naso da falco pronto alla picchiata. Il vescovo capì che toccava a lui parlare.

«Caro Tadini, lo so, le devo delle spiegazioni. Avrei dovuto dirglielo prima. Ma il vincolo della confessione e la prudenza dovuta alle circostanze mi hanno frenato. Lo sa, viviamo tempi difficili, anche per la Chiesa. Questa tempesta sta per passare. Ma ci attendono altri giorni tristi. C'è troppa gente armata in giro. Il nostro gregge è confuso, stanco, impaurito. Ha davanti troppe cose che non conosce. Non sa cosa siano i partiti. Per vent'anni ce n'è stato uno solo. Ora ne spuntano tre, sei, nove. E ogni partito ha le sue milizie armate. I monarchici, i liberali, i giellisti. I socialisti, i comunisti. E noi cattolici siamo il vaso di coccio. Cosa dice il Vangelo? Siate candidi come colombe...»

«... e astuti come serpenti» completò padre Bergoglio, che accolse la citazione come un omaggio personale.

«Mi perdoni, Eccellenza» si inserì timidamente don Tadini, che aveva fretta di venire al punto, con quei due balordi che lo aspettavano nella sua chiesa, «ma questo cosa c'entra con le casse che l'altra notte hanno portato nei sotterranei della Madonna Moretta...»

«Lei ha ragione, Tadini. Avrei dovuto parlargliene prima. Lei conosce la sorte della Quarta Armata, che presidiava il Sud della Francia. Sono bravi soldati. Hanno salvato gli ebrei dalla barbarie tedesca, finché hanno potuto. Molti di loro sono stati presi e mandati in Germania, e chissà se e quando torneranno. Altri sono riusciti a salvare qualcosa delle ricchezze dell'Armata. Il denaro per i vettovagliamenti, le requisizioni, i beni che inevitabilmente accumula un esercito di occupazione. Non dobbiamo chiederci la provenienza di quell'oro. Dobbiamo evitare che finisca in cattive mani. Il colonnello Murazzano è riuscito a metterne al sicuro una parte. Purtroppo da giorni abbiamo perso i contatti con lui, e abbiamo ragione di temere che sia prigioniero dei tedeschi. I suoi emissari per buona sorte sono riusciti ad arrivare in città, lungo la strada che scende da Cortemilia. Quell'oro, diceva il messaggio del colonnello, appartiene alla nuova Italia. Da buon cristiano, intendeva affidarlo alla Chiesa. In un primo tempo abbiamo esitato. Poi» soggiunse il vescovo guardando padre Bergoglio, «abbiamo pensato che fosse nostro dovere prenderci questa responsabilità. Sono molti i poveri che guardano a noi come a un'arca di salvezza. Dobbiamo farci carico anche di questo peso, accumulare il frumento in vista degli altri anni di carestia che ci attendono. Con il tempo, troveremo le persone giuste che sappiano moltiplicare i talenti, farli fruttare» e qui il vescovo lanciò un altro sguardo d'intesa a padre Bergoglio. Poi riprese:

«Era importante che quell'oro non finisse in mani sbagliate. La sua parrocchia, caro Tadini, è proprio sulla strada che scende da Cortemilia. Fare entrare il tesoro in città sarebbe stato troppo pericoloso. Il giorno dopo non si sarebbe parlato d'altro. Nascondendolo nei sotterranei della Madonna Moretta, nessuno se n'è accorto.»

«Quasi nessuno.»

«Già. E ora dobbiamo decidere cosa fare con i partigiani.»

«E che partigiani, Eccellenza. Comunisti. Non possiamo cedere. Che cosa ne farebbero? Darebbero senz'altro l'oro al partito. Tutta quella ricchezza cadrebbe in mano ai nemici della Chiesa. Se poi venisse spesa qui, peggio ancora. Finirebbe per traviare gli albesi, gente povera in spirito, impoverita ancor più dalla guerra. I comunisti avrebbero il paese in pugno. Non possiamo.»

«Ammiro il suo coraggio, Tadini. E condivido la sua scelta. Ma di lei che sarà? Quella è gente che non scherza. Quelli la ammazzano. E io questo non posso permetterlo.»

«Sono pronto. Cristo non ha avuto paura dei suoi carnefici. Io posso ben affrontare un colpo di fucile.»

«Non posso permetterlo» ripeté il vescovo. «Andrò io stesso a parlarci. Non oseranno alzare le mani su un vescovo di Santa Romana Chiesa.»

A furia di farsi coraggio a vicenda, il vescovo e il sacerdote si erano fatti rosso porpora in viso. Padre Bergoglio invece non aveva perso né il sorriso né il sarcasmo.

«Suvvia, amici. Un vescovo non tratta con i ribelli. Un parroco non ha bisogno di farsi ammazzare per servire la sua Chiesa. E un partigiano, anche se comunista, potrebbe rivelarsi più ragionevole di quanto pensiamo. Una soluzione si può sempre trovare. Una soluzione» e qui il sorriso si piegò in un sogghigno «salomonica.»

12

Alba, novembre 1963

Gli amici se lo raccontavano ancora l'un l'altro, di quando, qualche settimana prima, Amilcare Braida era entrato all'hotel Sanremo euforico; il che già non era da lui.

«Questa volta li frego tutti!» aveva urlato, accompagnando il grido con il gesto dell'ombrello. Decisamente, non era da lui. Tanto più che Amilcare aveva parlato tutto di fila, senza fermarsi. E gli amici non avevano mai sentito Amilcare dire una frase per intero in pubblico senza fermarsi.

La storia del tesoro. Una storia insieme epica e di paese, che tenesse insieme la guerra mondiale e le piccole guerre di famiglia. Da scrivere prima in inglese e in piemontese, per poi tradurla in italiano. In una lingua nuova, agile, veloce, secca come una fucilata.

Da pochi giorni Amilcare aveva saputo del suo male. Lo prese come un incoraggiamento. Un modo per spicciarsi, per costringersi al lavoro, per trovare la voglia che da solo non avrebbe mai avuto. La forza di dormire un sonno senza sogni e senza paura. Il desiderio di scrivere appena alzato al mattino. E il coraggio di rompere con la sua città, pure con l'azienda che gli dava da vivere.

Ma poi il tempo aveva finito per mancare. E, con il tempo, le notizie. Non doveva essere una storia inventata. Amilcare pensava a un racconto rigoroso, quasi un'inchiesta, di quelle che i giornali avidi di pubblicità avevano paura a scrivere. Ma non poteva sbagliare un passo. C'erano di mezzo le famiglie più in vista della città. Per il tesoro si era sparato e ucciso. Forse anche torturato e massacrato, prima che arrivasse ad Alba. Il tesoro era quanto restava della vecchia Italia, ed era servito a costruire la nuova. Spartito tra i due nuovi poteri. Che storia. Non si poteva sbagliare il colpo. Adesso, grazie ad Alberto, ne sapeva di più. Ora bisognava che il male fosse altrettanto generoso.

13

Bosco di Costamagna, domenica 25 aprile 2011, ore 14

Il commissario e l'ispettore fecero allontanare tutti di trenta passi, per restare soli con Moresco. A guardar meglio, trovarono un livido sopra la tempia destra: il segno di un colpo, ma lieve. Nulla che potesse spiegare la morte. Il proprietario della Panda rossa e il suo amico erano già in questura, in attesa di essere interrogati. Non c'era fretta. Più tensione accumulavano, più avrebbero parlato. In aggiunta, i poliziotti avevano sequestrato il sacchetto con i tartufi.

Moresco era un *trifulau* per passione. Quindi, non era amato da chi lo faceva per mestiere. Anche l'ispettore veniva dal Sud, da Atrani, ma sapeva che in Langa i cercatori si fanno da sempre sfregi terribili. I suoi amici albesi gli avevano raccontato storie di pestaggi con la testa nel sacco, di gomme tagliate – come quella del fuoristrada di Moresco –, di rancori trasmessi di padre in figlio per generazioni: paese contro paese, famiglia contro famiglia. Era come sulla Costiera, dove ogni città aveva una gemella con cui litigare: Atrani e Amalfi, Positano e Praiano, Scala e Ravello, Minori e Maiori... Qui la cosa era ancora più complicata: l'Alta Langa contro la Bassa, i proprietari dei noccioleti contro i vignaioli, quelli del dolcetto contro quelli del barbaresco, e poi tutti i paesani contro gli albesi. Moresco era della Bassa Langa, era un vignaiolo, faceva il barbaresco più caro, viveva ad Alba. Un bersaglio perfetto. Miliardario, con casa ed enoteca in tutte le città citate sull'insegna di Bulgari: Parigi, Londra, Los Angeles, New York. E andava pure per tartufi.

Fu l'ispettore a scoprire il forellino. Gli agenti della scientifica, che stavano pulendo la giubba di pelle dal fango, non se n'erano ancora accorti. L'ispettore gli slacciò i bottoni con dolcezza, come a un bambino. Dalla giubba si sfilò una vecchia mostrina, che lui sbirciò appena prima di infilarsela in tasca. Anche la camicia a quadri era forata nello stesso punto. Anche la canottiera di lana. E anche il petto. Un puntino rosso, quasi invisibile tra i peli bianchi. All'altezza del cuore.

14

Alba, giovedì 19 aprile 1945, ore 3 e 30

«No! Questo è assolutamente impossibile!»

Moresco non aveva mai visto Alberto così stravolto, neppure sotto il fuoco tedesco.

«Alberto, calmati. Il padre, qui, ci sta facendo una proposta.»

«No, Domenico. Il padre non ci sta facendo una proposta. Il *preive* sta cercando di comprarci. Di comprare la nostra guerra, il nostro sangue. Il sangue dei compagni. Ci sta chiedendo di vendere i nostri morti! E tu lo stai pure a sentire!»

A nominargli i morti, anche Moresco, che era un freddo, prese ad alzare la voce.

«Come ti permetti! Vorresti forse accusarmi di tra dimento? Non ho diviso con te ogni ora della guerra, ogni rischio, ogni pallottola? Ti credi migliore di me?»

Alberto capì che non era con la forza che poteva averla vinta su Moresco.

«Domenico, ragiona. Non possiamo tenere l'oro

per noi. I compagni ce ne chiederebbero conto. O ci vedono tornare a mani vuote, e allora penseranno che siamo due *gadani* che parlano a vuoto. O ci vedono tornare con l'oro, e allora chiederanno la parte che gli spetta. Anzi, no, se li conosco, ci diranno che quello è l'oro del partito, del popolo. Dei partigiani. Oro da dare alle famiglie dei caduti. E da portare a Roma. Il nostro contributo a un'Italia socialista. Alla rivoluzione. In ogni caso, non avremmo un posto dove nasconderlo.»

Moresco era un pratico, e quest'ultimo punto lo spiazzò. Ma don Tadini si insinuava come un serpente tentatore:

«Non dovete mica portarlo via stasera. Il vescovo ha parlato chiaro: parti uguali. Metà a voi due, metà alla Chiesa. Voi ne farete quel che volete, a un patto: l'oro resta qui ad Alba. Siete due ragazzi in gamba. Due persone di valore. Avete fatto bene la guerra, ma ora la guerra è finita. Fatelo fruttare. Mettetelo al servizio della comunità. Ne abbiamo più bisogno noi di Togliatti o di Stalin.»

«Chi mi garantisce che voi preti non ci fregherete?» fece Moresco con la sua voce più dura.

«Allora hai già deciso!» gridò Alberto.

Ma ormai Moresco non lo ascoltava più.

15

Alba, martedì 19 novembre 1963

Il seminterrato, gelido d'inverno e afoso d'estate, a novembre era già bello freddo. L'uomo attese che fosse passata l'ora di punta per uscire a prendere un po' d'aria. Attraversò il cortile fingendo di non vedere gli sguardi che filtravano dalle finestre. Percorse rapido via Maestra fino al vicolo dell'arco, passando rasente i muri. L'amico lo sentì avvicinarsi, e lo invitò a entrare per un bicchiere di vino. L'uomo disse no. A quarant'anni era già un rottame, ma una sua disciplina interna gli impediva di lasciarsi andare del tutto. E la sua disciplina gli imponeva di non bere. Almeno non alle dieci del mattino.

Scambiò qualche parola dalla strada. L'amico gli parlò del solito progetto: aprire una sezione del Movimento sociale, lì a casa sua, nel cuore di Alba, città medaglia d'oro della Resistenza, come una sfida.

L'uomo lo ascoltò con pazienza, ma alla fine non disse né sì né no. Proseguì verso il Comune, girò l'angolo e restò a guardare le grate delle finestre del carcere. Municipio, tribunale e cella: tutto nello stesso palazzo, come nel Medioevo. Rimase a vedere se qualcuno si affacciava, per scambiare un gesto di intesa, un sorriso; ma non si vide nessuno.

Rientrò in casa a prepararsi un po' di pranzo. Il giornale da Roma – l'unica copia distribuita in città – non era ancora arrivato. Così rilesse quello del giorno prima. Lanciò uno sguardo alla foto sul muro e al busto sulla credenza. Pensò che era ora di dare una spolverata. Magari domani. Oggi c'era da studiare le nuove carte appena arrivate da Roma. A naso, però, non erano ancora quelle che attendeva da quasi vent'anni.

16

Alba, domenica 25 aprile 2011, ore 19

Tibaldi soppesò con cura l'agente che gli avevano mandato da Ginevra. L'agente se ne accorse e lo apostrofò con una punta di arroganza:

«C'è qualcosa che non la convince in me?»

Tibaldi non era tipo da farsi mettere in soggezione. L'arroganza lui la detestava. Non alzava quasi mai la voce. Al massimo con le figlie, non con i collaboratori. Farsi mettere sotto, però, mai. Tanto meno da una donna.

«Al contrario. Lei è esattamente quello che avevo chiesto.»

«Cioè?»

«Elegante, sulla trentina, bionda, francese ma con un buon italiano, alta, decisa. Sofisticata ma non distante, anzi con un accenno di disponibilità. O lei è un'attrice, o all'agenzia vi fanno in laboratorio.»

«Come i suoi vini? Lo sa quello che dicono ad Alba?»

«Bene. Vedo che lei è una persona professionale. Ha già preso informazioni su di me. Saprà allora che i miei vini non si fanno in laboratorio. Certo, i vigneti delle Langhe non mi bastano. L'uva arriva dalla Puglia, dalla Campania, dalla Sicilia. Ora anche dalla Tunisia, dal Marocco, dalla Turchia: tanto sono musulmani, e il vino non possono berlo, o almeno non potrebbero.»

«Cosa sono allora queste autoclavi?»

Tibaldi sorrise. Gli piaceva dare appuntamento nel grande capannone in riva al lago. Era un modo per esibire la sua potenza e insieme la sua solidità: le macchine, la fabbrica; una cosa seria.

«Autoclavi? Lei parla davvero bene l'italiano. Ma il termine è sbagliato. Quelle che chiama autoclavi sono cisterne per la fermentazione dell'uva, che viene lasciata riposare per...»

«Dottor Tibaldi, siamo di fronte a un delitto» lo interruppe la bionda, stavolta con dolcezza. «Credo che lei non mi abbia fatto venire fin qui d'urgenza, di domenica sera, per mostrarmi che non fa il vino in laboratorio. E, se posso, avrei bisogno di chiederle qualche informazione.»

«In città le avranno detto pure che non sono dottore e amo la riservatezza. Sono io che mi aspetto informazioni da lei.»

«Certo. Ma prima deve darmi gli strumenti per capirle.»

«La ascolto.»

«Perché le interessa tanto scoprire se Moresco è stato ucciso?»

«Questo non mi interessa. Lo so già.»

«E come fa a saperlo, se neppure la polizia...»

«Lo so e basta. Altre domande?»

«Sì. Che cosa avevate in comune? Oltre a essere concorrenti, si capisce.»

«Non eravamo concorrenti. Avevamo mercati diversi, storie diverse.»

«Eravate amici?»

«Ci conoscevamo appena. Buongiorno e buonasera.»

«Qualcosa che riguarda il vostro passato?»

«Diciamo che chi voleva male a Moresco potrebbe serbare ancora un po' del suo rancore per me. La città è piccola. Siamo stati giovani in anni terribili. Qualcuno ce l'ha fatta, altri no. In tanti mi amano per quanto ho dato ad Alba, alle Langhe. Ma non possono amarmi tutti.»

«Quindi lei ha paura che chi ha ucciso Moresco voglia...»

«No, io non ho timore per me. Sono ben protetto. Ma sono anche una persona curiosa. Ho imparato che sapere le cose è una forma di potere. Scoprirle, e nasconderle di nuovo. Saperle, e tenerle per sé. Lei scopra chi ha ucciso Moresco. E me lo venga a riferire. Saprò esserle riconoscente. Le faranno avere un anticipo per le spese.»

La donna cercò di guadagnare tempo, per capirne qualcosa in più.

«Da chi mi consiglia di partire?»

«Veda lei. Non voglio rubarle il mestiere.»

«Forse dai parenti di Moresco. Da suo figlio.»

Tibaldi sorrise, come per incoraggiarla.

«Ecco perché voleva una bionda, trentenne, straniera, sofisticata e tutto il resto. Magari di nome Sylvie» disse lei, con una stizza crescente. Ma Tibaldi non amava le discussioni, tanto meno gli scontri. Si congedò in un mormorio:

«Allora a presto, Sylvie.»

Al suo posto c'era già l'assistente. Il contante nella busta bastava e avanzava a lenire le ferite all'orgoglio di un investigatore privato.

17

Alba, giovedì 19 aprile 1945, ore 3 e 40

Moresco conosceva abbastanza Alberto per sapere che non avrebbe mai parlato. Poteva fare senza di lui. Se si fosse intestardito a chiamarsi fuori, tanto meglio: la metà che il vescovo offriva ai partigiani sarebbe stata tutta sua.

Anche Alberto però conosceva Moresco. E si giocò l'unico argomento che poteva avere ancora la sua presa.

«Domenico, hai pensato a Virginia? Che cosa farebbe Virginia, se fosse qui? Cosa ti direbbe?»

«Lascia stare le *fumne*. La tua donna e la mia lo sapranno a cose fatte, il più tardi possibile. E ne godranno il frutto. Quanto a Virginia, non c'è. Non ci sarà. Mai più. Te lo vuoi mettere in testa?»

«No, Domenico. Avevi detto che Virginia sarebbe vissuta con noi, dentro di noi. Che l'avremmo avuta al nostro fianco per il resto della guerra, della vita.

Che avrebbe ispirato le nostre azioni, avrebbe dato forza al nostro braccio...»

«Lo dicevo per consolarti. Cosa c'entra Virginia adesso?»

«La amavi anche tu. Credi che non lo sapessi? Credi che lei approverebbe quello che stai facendo? Oppure non ne vuoi parlare perché ti senti in colpa? Pensi di aver fatto tutto quello che potevi per salvarla?»

Poi Alberto tacque, spaventato dal suo stesso ardire. Anche Moresco restò in silenzio.

«Siete mai stati nei sotterranei della parrocchia? Figurarsi. Due senzadio come voi.»

Ormai il prete li trattava come complici.

«Seguitemi. Ho cose meravigliose da farvi vedere.»

18

Neive, mercoledì 20 novembre 1963

«Hai sentito che meraviglia? Ti piace?»

«Be', un barbaresco dei tuoi. Vale a dire, un barbaresco come tanti.»

«Non sto parlando del vino. Parlo del nome, del disegno, dell'etichetta.»

L'etichetta diceva: IL BARBARESCO DI LULÙ. Sullo sfondo, si indovinava il profilo di una collina e di un uomo con il fucile.

«È un omaggio. Te lo ricordi Lulù?»

«Certo che me lo ricordo.»

«I tedeschi gli avevano ucciso il padre, la madre e il fratello. E lui aveva giurato di ucciderne trecento. Loro calcolavano dieci per uno? E lui diceva che uno dei suoi ne valeva cento, di tedeschi.»

«Credi che ci sia mai arrivato, a trecento?»

«Non so. L'ultima volta che lo vidi, a Dogliani, diceva di essere a duecentosessantadue. Ma chissà come aveva fatto a contarli.»

«Io i miei tedeschi e i miei fascisti li ho contati tutti. E li ripasso, ogni sera, prima di addormentarmi.»

Moresco guardò Alberto un po' impaurito.

«A volte mi chiedo cosa sei diventato.»

«Chiediti cosa sei diventato tu, piuttosto. Guardati attorno. E dammi una risposta.»

La cascina di Moresco era un'antica casa di mattoni rossi, che dava su un'aia con tre grandi querce. Da qualche anno lui aveva fatto costruire una nuova ala dove i tecnici studiavano i vini. Aveva anche fatto scavare una grande cantina, nel ventre del colle di fronte. In città dicevano che lì sotto fossero nascoste tante bottiglie da valere una banca; e forse non soltanto bottiglie. Moresco soppesò quell'uomo da cui ormai lo distanziava tutto, ma a cui in qualche modo continuava a restare legato.

«Dimmelo con parole tue, Alberto, cosa sono diventato.»

«Sei un uomo pieno di soldi e di ombre. Cerchi di mettere a tacere il tuo passato. Dici di essere comunista...»

«E lo sono. Lo sono sempre stato, lo resterò sempre. Non cambio certo perché mi sono arricchito con il mio lavoro.»

«Non solo con il tuo lavoro. E ora ti sei messo pure a battezzare il tuo barbaresco da ricchi con il nome di un partigiano.»

«Lulù non era un partigiano. Era una leggenda. Francese, ma di sangue langhetto. Ricordi le sere che abbiamo fatto passare a sentire la sua storia? Raccontavano che avesse beffato i tedeschi infinite volte, che arrivasse in battaglia guidando una moto con i piedi e col mitra in pugno. Al mattino l'avevano visto a Mombarcaro, il pomeriggio ad Alba, la notte sulla Pedaggera. Un giorno aspettava i tedeschi sulla via di Treiso, il mattino dopo era sulla piazza del paese a prendere il caffè. Compariva e spariva, in moto, in macchina, in bicicletta...»

«Infatti è morto in un incidente.»

Alberto guardò Moresco con la faccia di chi non ha altro da dire.

«Va bene. Prendi quel che devi» disse Moresco indicandogli la borsa, «*e gaute da le bale.*»

«Ormai in piemontese dici solo le parolacce.»

«Alberto, vattene.»

19

Alba, domenica 25 aprile 2011, ore 19 e 15

Quando l'oste vide entrare l'ispettore, per un attimo pensò che fosse per la fonduta acida. Anche il farmacista si era lamentato, e in effetti nelle domeniche più affollate capitava di rifilare roba del giorno prima. E la fonduta, se non è fatta al momento...

«Buonasera. Come posso servirla?»

L'ispettore decise di giocare all'attacco.

«In molti modi. Per esempio, potrebbe spiegarmi perché il tempo è galantuomo.»

L'oste finse di non aver capito. E andò anche lui al contrattacco.

«Guardi che non è serata. Tra un quarto d'ora ho già il primo tavolo. E non siamo in Cile. Non è che la polizia può fare il comodo che gli pare, con chi gli pare, quando gli pare.»

«Non ho finito. Pensavo di chiederle anche perché la vita è lunga.»

«Non mi sembra il momento di scherzare.»

«Giusto. Questa comunità è in lutto.»
«Io faccio parte di questa comunità. E lei?»
«Quando sono in servizio, anch'io.»
«Questo l'autorizza a pensare che io sappia qualcosa sull'assassinio di Moresco?»
«Come fa a sapere che è stato assassinato?»
«Ispettore... qui le cose si sanno in fretta.»
«Lei di Moresco sembra sapere molto.»
«Non io. Mio padre lo conosceva bene. Io solo di vista. Non cenava quasi mai fuori, almeno non ad Alba. E lei sa che non mi posso permettere di tenere i suoi vini.»
«Lei oggi ha detto che il tempo è galantuomo. A cosa si riferiva? Prima me lo dice, prima può servire i suoi svizzeri.»
«Come fa a sapere che sono svizzeri?»
«Chi prenoterebbe un tavolo alle sette e mezza di sera? Allora? Quando ha saputo che avevano ammazzato Moresco, lei ha detto che la vita è lunga e il tempo è galantuomo. Perché? Cosa c'è dietro questa storia?»
«È una brutta storia, ispettore. Si sa quanto i *trifulau* si detestino tra loro. Certo, di solito non si sparano. Ma si fanno certe cattiverie... E non solo le gomme tagliate. Si avvelenano i cani l'un l'altro, lo sa?»
All'ispettore avevano raccontato anche questa. Cagnetti allevati a bastonate e a poco cibo, sempre insaporito con il tartufo. Per un buon cane, cibo e tartufo diventano la stessa cosa. La bestiola deve essere disperatamente affamata per trovarlo, e ogni volta farselo portare via, per ricominciare a cercare. Un supplizio di Tantalo e di Sisifo, insieme.

«Mi pare strano che Moresco sia stato ammazzato per un sacchetto di tartufi. Neri, per giunta. E poi non era solo un *trifulau*.»

«Certo che no.»

«Era stato partigiano?»

«Un capo. Ma qui vendette non ce ne sono mai state. Non siamo mica nel triangolo della morte. E in città di fascisti non ce n'erano.»

«Neanche uno?»

«Prima della guerra, qualche fascista tiepido. Ma ai tempi di Salò quasi tutti stavano coi partigiani. Tranne i fratelli Vergnano, e pochi altri. Certo, si aspettava che passasse la nottata. Chi poteva non si schierava, o faceva il doppio gioco. Ma nessuno o quasi voleva male ai partigiani. Tanto meno a Moresco. Al massimo, l'invidia...»

«L'invidia, certo. Ha mai visto questa?»

L'oste guardò la mostrina apparsa all'improvviso nelle mani dell'ispettore.

«Perché dovrei averla vista? Non so neppure cos'è.»

«Glielo dico io allora. È una mostrina da ufficiale tedesco.»

«L'aveva Moresco?»

«No. Ma secondo me chi l'ha ucciso gliel'ha gettata addosso. Questo le suggerisce qualcosa?»

«Non saprei, ispettore. So soltanto quello che ad Alba sanno in tanti. Quelli come mio padre, che nell'aprile del 1945 c'erano. È un segreto, ma per modo di dire.»

«Io non c'ero. Mi aiuta?»

L'oste realizzò che non se la sarebbe cavata in fretta come sperava. Fece un sospiro lungo, insieme di protesta e di rassegnazione, da vecchio cavallo. Poi prese una sedia, una bottiglia, due bicchieri, serrò la porta del ristorante e prima che arrivassero gli svizzeri fece in tempo a mettere un cartello: CHIUSO PER LUTTO.

20

Alba, giovedì 19 aprile 1945, ore 6

Dalla Madonna Moretta alla cascina che ospitava il comando garibaldino erano almeno tre ore, anche per chi aveva il passo svelto della guerra in collina. Alberto e Moresco se le fecero senza parlare, trascinandosi dietro l'acconto del tesoro. All'imbrunire sarebbero tornati a prendere il resto. Camminavano come due furie, ognuna offesa e adirata con l'altra. Di tanto in tanto Alberto accelerava e si girava a provocare il compagno: «Ti muovi? *A smia ca porti la mort a sgnuri*». Perché la morte, per i langaroli, non è una livella; è lenta e piena di riguardi con i signori, ed è spiccia e sbrigativa con i poveracci.

La prima fucilata spezzò il ramo sopra di loro. D'istinto, si gettarono a terra. Il sentiero tra i boschi era pieno di fango. Alberto cercò di togliersi da lì, cristonando e facendo leva con i gomiti e con i piedi. Moresco tirò due colpi nella direzione del fuoco.

Poi i due si guardarono, come a chiedersi cosa

stesse capitando. Erano giorni che i tedeschi non si facevano più vedere. Ormai anche loro pensavano soltanto a salvare la pelle. I fascisti, poi, sembravano scomparsi. Restava qualche cecchino, deciso a fare del male sino all'ultimo. Ma questa non era gente che sparava ai passanti. Erano lì per loro. E tiravano troppo male per essere cecchini. Oppure non volevano davvero ucciderli.

«Alzati, Moresco. Se volevo, ti centravo come un piccione.»

«Chi sei?» gridò Moresco, cercando conferma di quel che già sapeva.

«Siamo noi. O credevi di tenerti tutto per te?»

I fratelli Vergnano erano la vergogna delle Langhe. I militi delle brigate nere venivano quasi tutti dal Sud, dalla Toscana, dall'Emilia, comunque da fuori. Loro erano di Alba. E stavano con i tedeschi. Si erano ripresi la città dopo i ventitré giorni della Repubblica partigiana, quando erano dovuti andare a suonarsi le campane. Ora cercavano di sopravvivere, e se possibile di trarre vantaggio anche dalla sconfitta.

«Cosa volete?»

«Non sprecare il fiato. Lo sai.»

«Cosa dovrei sapere?»

«Sì che lo sai. O credete che non vi hanno visto, quando siete entrati in chiesa stasera?»

«*Sevi 'na manica d' crin!* Porci fascisti! Non vi basta il prezzo della vergogna?»

«Noi abbiamo già versato il nostro prezzo. Abbiamo pagato il conto per tutti. Per l'Italia che ora si racconta di non essere mai stata fascista, e finirà pure per crederci. Anche noi abbiamo avuto i nostri morti. Quell'oro è della patria. E la patria siamo anche noi.»

«Non abbiamo niente da darvi.»

«Neppure ai tuoi compagni? Credi che sarebbero felici di sapere che ti sei spartito tutto coi preti?»

«Non abbiamo niente con noi qui, adesso. Possiamo parlarne con calma. Ci metteremo d'accordo, ad Alba, quando tutto sarà finito.»

«Non ci fidiamo. Vero Alessandro che non ci fidiamo?» gridò Cesare Vergnano rivolto al fratello. Sorrideva. La conversazione aveva preso una piega interessante.

«Non ci fidiamo di voi comunis...»

La fucilata, quasi a bruciapelo, lo passò da parte a parte. Cesare Vergnano cadde giù per la riva come un sacco di patate. Suo fratello e Moresco si guardarono senza capire. Poi si girarono verso Alberto. Era in piedi, con il fucile ancora fumante, lo sguardo acceso, il dito puntato verso Moresco: «Sono quelli che hanno ammazzato Virginia. E tu stavi per fare a mezzo anche con loro».

21

Alba, giovedì 21 novembre 1963

«Mi ha fatto chiamare, padre?»

«Vieni avanti, figlio. Mostrati.»

In quello stesso mese di novembre, anche padre Bergoglio si sentiva finire. Antonio Tibaldi considerò che la camera del seminario era rimasta la stessa del '45. Un letto di legno scuro, a una piazza. Un materasso morbido, di quelli in cui si affonda, che da tempo non andavano più di moda. L'inginocchiatoio con gli intagli barocchi e il cuscino viola. L'odore di minestrone che arrivava dal corridoio e quello d'incenso che saliva dalla cappella. Chissà dove sarebbe arrivato, padre Bergoglio, se fosse cresciuto in Vaticano, e non ad Alba.

«Visto? Quando è venuto anche per te il momento di combattere, ti sei fatto onore. Hai mantenuto tutte le promesse, figlio mio. Non ne ho mai dubitato.»

«Ma io non ho fatto quasi nulla, padre. C'è ancora così tanto lavoro...»

«Hai ragione. Il meglio deve ancora venire. Per questo non devi abbassare la guardia. Il popolo di Dio è inquieto. Non sono più povera gente. Comprano, vendono. Non scommettono più al pallone elastico, non passano le banconote ai giocatori che se le infilavano nei calzettoni e tiravano a perdere...»

Padre Bergoglio ebbe un riso convulso, che finì in un colpo di tosse.

«Ora i figli dei contadini il venerdì sera partono per Montecarlo, e si giocano tutto al casinò. Oppure vanno a Milano, a scommettere in Borsa, che è la stessa cosa. Ma tu, Antonio...»

Il sacerdote si levò a sedere sul letto, la voce agitata, il dito alzato. Tibaldi sapeva come calmarlo. Gli prese le mani, lo fece distendere.

«Io no. A Milano, in Borsa, mai.»

«Giuralo.»

«Glielo prometto, padre.»

«Non promettere. Le promesse sono un fiato di vento. Giura.»

«Lo giuro, padre.»

«Chi va in Borsa, non è più suo. E il nostro lavoro deve restare qui. La gente è molto più ricca di ieri, ma anche più debole. Siamo una razza matta, dal sangue cattivo: viviamo dei frutti di una terra misteriosa, che spuntano solo da noi. Gente che tira mattina a giocare o a scrivere strane storie. Che cerca ancora il gorgo dove buttarsi e farla finita. E non sempre c'è un prete, o un bambino, che ti prende per mano e ti porta via.»

«Ora sono io, padre, che le tengo le mani.»

«Non più a lungo, Antonio. I miei giorni sono numerati. Ma ormai puoi andare avanti da solo. Sai quello che devi fare. Soprattutto, sai quello che non devi dire.»

«Lo so.»

«Ricordatelo: mai una parola.»

«D'accordo. Anche se le voci...»

«Lascia stare le voci. Tu nega. Anzi; taci. Il Signore ti ha dato molto, compreso un carico gravoso. Tu custodiscilo con la forza della riservatezza e, se necessario, dell'ipocrisia.»

«L'ipocrisia?»

«Sì. Dovresti già sapere che è l'ipocrisia che salva il mondo. Ora inginocchiati.»

Antonio Tibaldi obbedì. Padre Bergoglio gli posò le mani sulla testa e lo benedisse, come un patriarca.

22

Alba, lunedì 26 aprile 2011, ore 10

Roberto Moresco diffidava dei giornalisti. Certo, non era un maniaco della riservatezza come Tibaldi, che non aveva mai dato un'intervista in vita sua, e si divertiva a passare ai quotidiani foto di vent'anni prima o anche, una volta, a un giornale di sinistra molto insistente, la foto di un amico che gli assomigliava. Però anche il giovane Moresco aveva con la stampa un rapporto prudente. Cercava di servirsene. Gli piaceva essere citato, e a Natale regalava qualche buona bottiglia, ma con discernimento: poche, non delle annate migliori, e solo agli indirizzi giusti. Quel giorno poi non aveva voglia di parlare. Tanto meno di suo padre, ancora da seppellire. Però la testata era prestigiosa e la voce al telefono dolce, suadente, francese. Lasciava presagire qualcosa di interessante. Così aveva accettato l'incontro, sotto l'orologio di via Maestra. Quando si trovò di fronte Sylvie, capì che ci aveva preso.

La portò a bere qualcosa al Vincafè, un posto che sulle straniere faceva sempre effetto: mattoni a vista, travi di legno vecchio, lunghe scale buie. Pareva di stare nella cantina del nonno, il posto della sua infanzia, dove da bambino aveva provato la prima paura e da ragazzo aveva assaggiato il primo vino e le prime donne.

Sulla strada volle far vedere a Sylvie l'enolibreria. Anche quello era stato uno dei suoi luoghi. Da studente aiutava il vecchio libraio a vendere i testi di scolastica. Con la paga si comprava ogni anno qualcosa: la bicicletta, il motorino usato, le Timberland. Poi, quando cominciarono ad arrivare i turisti, assieme ai romanzi e ai sussidiari il libraio aveva cominciato a vendere vini e tartufi. Ora il vecchio libraio non c'era più, e neppure tanti libri. Ma Roberto sapeva che avrebbe trovato la raccolta degli scatti di un suo amico, che aveva fatto in tempo a fotografare le Langhe più belle prima di impiccarsi.

Sylvie cominciò a sfogliare le immagini delle colline in novembre. Nello scaffale accanto, che l'enolibraio vista l'occasione aveva stipato di bottiglie Moresco, Roberto notò un altro libro con una fascetta rossa che diceva: "Gaetano Gaetani. L'ultimo giallo dello scrittore delle Langhe". Si sorprese a pensare: "Scrittore delle Langhe. Ma guarda questi terroni... Spudorati. Bravissimi, però. Alba, ancora ancora, qualche mito l'ha costruito: il tartufo, i vini. Ma se Saviano o Cassano fossero nati qui vicino, a Bene Vagienna o ad Acqui Terme, non se li filerebbe nessuno".

23

Alba, venerdì 20 aprile 1945, ore 6 e 30

Marisa Tibaldi accarezzava il suo uomo con frenesia, come se qualcuno stesse arrivando da un momento all'altro a strapparglielo dalle braccia. Era innamorata della sua intelligenza, soggiogata dalla sua forza. Ma lo amava anche per il suo corpo, di cui non poteva più fare senza.

La notizia l'aveva turbata. Tante donne che conosceva l'avrebbero considerata il colpaccio atteso tutta la vita, e ne avrebbero gioito. Ma lei aveva già abbastanza sensi di colpa per sopportarne un altro. Per questo la sua prima risposta fu un no. E lui durò più fatica del solito ad averla vinta.

«Marisa, non essere avventata. Ragiona. È una grande opportunità per tutti. Per la tua famiglia. Per Antonio. Per l'azienda. Per la città.»

«È un peso troppo grande. Ed è denaro rubato.»

«Non è rubato. È un dono del Signore. È un piccolo risarcimento per il male che abbiamo sofferto.»

«E al male che abbiamo fatto, non pensi mai? E poi una cifra simile tu la chiami piccola?»

«No, la cifra non è piccola. Ma tra vent'anni, se non l'avremo investita bene, sarà piccolissima. Lo dice anche Gesù: i talenti non si sotterrano. Si mettono a frutto.»

«Sì, ma perché proprio noi?»

«Perché tuo marito ha talento. E Antonio ancora di più. Dovresti vederlo, in seminario, come studia, come si impegna. E poi è furbo come un diavolo. Capisce al volo. Inizi un discorso, e lui sa già come finisce. L'altro giorno mi ha detto che...»

Marisa Tibaldi gli mise un indice sulle labbra, con una dolcezza che non ammetteva repliche. Tra i tanti sensi di colpa, suo figlio era il più grande.

«Marisa, lasciami parlare. Non penso soltanto a lui. Penso a questa piccola città. La guerra è passata come una bufera. Non c'è lavoro. Ci sono più armi nascoste che soldi. Cosa sarà di noi? Se non ci diamo da fare, diventeremo un feudo di comunisti. Andranno a prendere la gente casa per casa. Non ci saranno più proprietari, né buoni cristiani. Li conosci, i langhetti. Giocatori d'azzardo, suicidi, truffatori. Anche a cercar bene, non ne trovi uno davvero onesto...»

«Questo non è vero.»

«Non ne trovi uno che non sia una *lingera* o almeno un artista. Devi dargli un'inquadrata. Una regola. Non possiamo campare vendendo pastiglie per trasformare l'acqua in benzina ai torinesi. E non possiamo neppure lasciare che le campagne si svuotino. Bisogna fare anche noi le industrie, ma a modo nostro, con i prodotti della nostra terra.»

«E come spenderesti tutto quel denaro?»

«La vostra fabbrica funziona bene. Il vino è un grande affare. Il nostro è il migliore d'Italia, forse del mondo. E costa un terzo che in Borgogna o a Bordeaux. La fabbrica si può moltiplicare per dieci, per cento. Potrete comprare vigneti in tutta Italia. Anche in Francia.»

«E alla Chiesa, cosa ne verrà?»

«La Chiesa si può ripagare in tanti modi. Nuove fabbriche avranno bisogno di nuovi operai. Li sceglierete tra i contadini che vi vendono le uve, senza sradicarli dalla terra, lasciandoli vivere da uomini timorati di Dio, senza farne dei comunisti. Noi non vi chiederemo una lira. Ma vi indicheremo i meritevoli. Sarà un modo per legare la zona da qui a Torino alla Chiesa, alla carità cristiana, al bene.»

«E Antonio? Hai pensato che tutto questo potrebbe schiacciarlo?»

«Antonio è robusto, e le forze avverse non prevarranno su di lui.»

Marisa lo abbracciò stretto. La affascinava quando parlava come un profeta. L'aveva conquistata anche per quel misto tra una visionarietà da asceta e un realismo che si poteva quasi toccare, tanto da averne paura.

Padre Bergoglio le diede un bacio con lo schiocco, che era il suo modo di congedarsi. Lei si rivestì in fretta. Uscì furtiva nell'ultimo buio, dal retro, attenta a che nessuno la vedesse.

24

Inverno 1944

Alberto non avrebbe dimenticato per la vita gli occhi con cui lo guardò Virginia, quando lui tornò dalla missione a Torino. Due settimane senza dare notizie. Con il pensiero fisso che Moresco l'avesse spedito in città, a inseguire l'idea romantica di liberare i compagni dalla prigione, per avere il tempo di realizzare un'altra sua idea, decisamente meno romantica.

Quando rientrò alla cascina, in effetti, vide Virginia e Moresco insieme. Ma non si appartenevano più. Alberto li guardava da dietro i vetri, nascosto nel freddo e nel buio, senza sentire una parola della loro discussione, senza riuscire a leggere le labbra alla luce stenta delle lampade. Fu lo sguardo di Virginia, quando lo scorse dietro la finestra, a dirgli quel che era accaduto.

Virginia non aveva scelto Moresco ma lui, Alberto. Un uomo meno ricco, meno duro, forse anche meno bello, ma capace di una devozione assoluta, di un amore che andasse al di là della contingenza, della giovinezza, di quella stagione di caccia eccitante ed effimera, in cui ci si giocava la vita ogni notte. Virginia aveva deciso per la persona che riponeva in lei ogni speranza per l'avvenire. Aveva capito che nulla al mondo è più forte di una donna che si affida all'uomo da cui è profondamente amata.

Quella notte Virginia e Alberto fecero l'amore per la prima volta. E, per la prima volta, lui sentì la passione pulsare insieme con il sentimento, e pensò che il paradiso terrestre e la sfera celeste fossero nello stesso posto, tra le sue braccia, dietro le palpebre della sua donna. La amò stringendola forte, senza mai togliere gli occhi dai suoi, fondendo i battiti e i respiri, per un tempo che nessuno dei due avrebbe saputo misurare. Solo alla fine, come i progenitori dopo il peccato originale, si accorsero di essere nudi; ma stavolta nessuno ebbe vergogna dell'altro.

Nei giorni successivi, ogni occasione era buona per ritrovarsi da soli, come bambini che hanno scoperto un gioco fino a quel momento appena immaginato. Poi arrivò l'ordine di Moresco. Stavolta la missione era per lei.

25

La Morra, lunedì 26 aprile 2011, ore 13

«Guarda, io sono entrato al liceo nel 1978. L'anno in cui finiva tutto. Tutte le cose che interessavano a mio padre: la politica, l'impegno, il partito. E cominciavano quelle che interessano a me.»

Per il pranzo con Sylvie, Roberto Moresco era andato sul sicuro. Il ristorante in cima alle vigne di La Morra, con la vista a perdita d'occhio su un mare di colline. Non era caduto nella volgarità di ordinare il proprio vino, ma un brut freddo e fruttato, di quelli che non andavano di moda perché non avevano un nome: né champagne, né prosecco. La proprietaria, vecchia amica di famiglia, insistette perché assaggiassero tutto, anche il dessert che faceva soltanto lei in tutta la Langa, il soufflé al cioccolato e tabacco. Ma neppure alla fine Sylvie riuscì a far parlare Roberto di sé e del rapporto con quel padre così ingombrante. Tutto ciò che riuscì a cavargli fu il racconto dell'estate del 1983, quella della maturità.

Roberto Moresco le disse della scommessa che avevano fatto i suoi tre migliori amici. Non una grande trovata: chi avesse collezionato più donne tra luglio e novembre. Lui sarebbe stato il testimone e il giudice. «In teoria, partivano alla pari. Nessuno dei tre era brutto o bello. E tutti erano posseduti dallo spirito del tempo. Dopo gli anni dei cortei e delle spranghe, i giovani avevano altro a cui pensare. Anche mio padre, del resto: continuava a parlare di comunismo, e intanto faceva i soldi.»

«Sì, ma la scommessa?»

«Sandro era il primo della classe, e come sempre non lasciò nulla di intentato. Imparò a suonare il sassofono e a parlare portoghese, perché aveva letto da qualche parte che erano lo strumento e la lingua più sensuali. Si iscrisse a un corso di tango. Sapeva cucinare. Andava in palestra, aveva pure i pettorali. Eppure niente.»

«Doveva essere questione di fiducia in se stessi.»

«Hai ragione. La fiducia in se stessi è più importante dei pettorali, e anche delle braccia e delle gambe. Mario invece non aveva di questi problemi. Quell'estate fece il pr della discoteca in riva al lago. Di giorno girava i paesi per invitare le ragazze. La sera ne sceglieva una, faceva un cenno al dj per chiedergli il brano del momento, e andava a dimenarsi davanti a lei, il bacino contro il suo. Se lei se ne andava, toccava a un'altra. Se lei cominciava a dimenarsi, era fatta.»

«E come andava a finire di solito?»

«Qualcuna che si dimenava la trovava sempre.»

«E il terzo?»

«Andrea andò a Lourdes.»

Sylvie aprì la sua bella bocca rosa in una risata di gola.

«Guarda che non sto scherzando. Andò a Lourdes come barelliere.»

«Non aveva scommesso anche lui?»

«Appunto. Calcolò che a Rimini o a Ibiza non avrebbe avuto chance. Troppa concorrenza. Pure a Lourdes c'erano un sacco di ragazze. Volontarie che passavano la giornata in mezzo all'umanità dolente. Malati senza speranza. Resti di uomini. Andrea sorrideva sempre, faceva il simpatico con tutte. La sera, loro erano felici di avere a disposizione un maschio giovane, passabile, e tutto intero. In più erano cattoliche, e avevano il senso del peccato...»

Qui finalmente Roberto mischiò la sua risata a quella di Sylvie.

«E tu, quell'estate, quante donne hai avuto?»

Roberto prese un'aria da torero per accompagnare una citazione non originalissima: «Io parlo con le donne, non delle donne».

Sylvie capì che non sarebbe bastato il brut per scioglierlo. E si predispose al sacrificio, neanche malvolentieri.

26

Alba, venerdì 22 novembre 1963

«Ma tu perché stai con me?»

«Ancora?»

Quando Vittoria cominciava così, andava quasi sempre a finire male. Allora Alberto cercava di ribaltare il discorso.

«Tu, piuttosto, perché stai con me? Sei la moglie di un uomo ricco, forte, bello, invidiato. E hai appena fatto l'amore con un povero, che per giunta è quasi sempre di cattivo umore.»

«Lo sai benissimo perché. Perché sei te che amo.»

«E allora lascialo e vieni a stare con me.»

«Non è possibile, sai bene anche questo. E poi tu saresti il primo a non volerlo.»

Se si amassero davvero, in realtà, né Alberto né Vittoria avrebbero saputo dirlo. Si erano aggrappati l'uno all'altra come a una seconda possibilità, dopo la scelta che avevano fatto vent'anni prima, dopo che la stessa morte li aveva lasciati entrambi soli. Così, quando dopo la furia amorosa li prendeva la malinconia, rievocavano il giorno in cui avevano perso Virginia. E stavolta era Alberto a fare sempre la stessa domanda.

«Tu credi che tuo marito abbia fatto tutto quello che poteva per salvarla?»

«Io credo di sì.»

«Anche se Virginia aveva scelto un altro?»

«Lui era talmente sicuro di sé che non si era arreso. Pensava ancora di portartela via.»

«E se invece avesse preferito consegnarla ai fascisti piuttosto che a me?»

«Non mi ci far pensare. Non potrei più vivere accanto a lui un solo minuto.»

«Lascialo.»

Allora Vittoria sorrideva come a un bambino testardo. Restava in silenzio a guardare il soffitto. Poi ricominciava:

«Ma tu perché stai con me?»

27

Alba, lunedì 26 aprile 2011, ore 14

Alessandro Vergnano abitava sempre nella vecchia casa del centro, in un seminterrato che dava sul cortile. Quando vide il tesserino della polizia fremette di disappunto. L'ispettore provò pena per quel relitto d'uomo. Decise di non calcare la mano.

«Non fa piacere a nessuno ricevere un questurino» disse con un sorriso amichevole.

L'altro non ricambiò.

L'ispettore diede un'occhiata in giro. Pensò che quell'armamentario – il busto del Duce, il fascio littorio, i libri degli editori fascisti – a Roma e al Sud stava nelle case di persone di successo, avvocati, imprenditori. Gente piena di soldi. Persino in Veneto aveva conosciuto un impresario, uno che faceva milioni con la tv pubblica, che come suoneria del telefonino aveva *Faccetta nera*. Ad Alba, Vergnano viveva davvero da topo di fogna, e tale era considerato. Il profilo ideale per un sospettato di omicidio. Fin troppo ideale.

«Avrei bisogno di parlarle qualche minuto.»

«Volentieri. Io non ho nessuno con cui parlare.»

«Nessuno? Neanche un amico?»

«Avevo un amico, o meglio un vicino. È morto tanto tempo fa. E ora mi dica. Che cosa vuole?»

«Notizie su Moresco.»

«Era un comunista. Quindi non era una brava persona.»

«Lei lo conosceva?»

«Chi?»

«Questo comunista. Moresco.»

«Certo che lo conoscevo. Gli ho anche sparato, una volta. Ma non per ucciderlo. Tornassi indietro, mirerei più in basso.»

«Moresco ebbe una parte del tesoro della Quarta Armata?»

«Non lo so. Da una vita aspetto che questa storia diventi pubblica. Sono riusciti a tenerla privata.»

«Perché allora lei gli ha sparato, ma non per ucciderlo?»

«La voce che girava era quella. Mio fratello e io siamo andati a reclamare la nostra quota, per le famiglie dei caduti. Ma risposero che non ci spettava nulla. Ormai eravamo dalla parte sbagliata. E loro, i vincitori, ci presero a fucilate. A bruciapelo. Per ammazzarci.»

L'ispettore notò sulla parete il ritratto di un ragazzo in camicia nera, il ciuffo spavaldo, la pelle abbronzata.

«Mio fratello. Ucciso a tradimento.»

«Chi è stato?»

«Alberto. L'amico di Moresco. Quello che lo ricattava.»

«Lo ricattava per l'oro della Quarta Armata?»

«Io credo di sì. Di sicuro gli scopava la moglie, per punirlo di un'altra vecchia storia.»

«E perché la moglie di un uomo come Moresco doveva andare con un altro?»

«Non lo so. Forse perché anche lei doveva vendicare sua sorella.»

28

Alba, sabato 21 aprile 1945, ore 7

Lire. Franchi. Marchi. E monete, tante monete. Moresco non aveva abbastanza spazio per tutto quell'oro. Non solo sacchi e cassette di banconote. Anche lingotti, gioielli, statue, quadri. Dovette requisire su due piedi una vecchia cascina diroccata, per stipare tutto.

Vittoria non aveva fatto troppe domande, né aveva dato grandi segni di soddisfazione. Da quando la sorella era morta in quel modo atroce, aveva sempre l'aria altera di chi si sente in credito con il destino; e la cosa più bella che possa accadere non basta mai a ripagare il conto.

Moresco pensò che i soldati della Quarta Armata addetti alle requisizioni dovevano avere molta fede, e un certo gusto. C'era in particolare una bella collezione di madonne: statue lignee, tele barocche, qualche marmo pregevole, e l'effigie di una Madonna nera, simile a quella venerata dagli zingari in Provenza. Don Tadini non l'aveva voluta. Gli pare va di fare un torto alla sua Madonna Moretta, hai visto mai che si ingelosisse.

«Un piccolo risarcimento per le razzie di Napoleone» sorrise Moresco. Alberto non rispose. In altre casse c'erano carte, lettere, documenti contabili. Moresco si ripropose di studiarli con calma. Forse anche da lì si poteva guadagnare qualcosa. Poi decise di togliersi l'ultimo scrupolo.

«Alberto, tutto questo può cambiare la vita anche a te, a Esterina. Non essere testardo. Riflettici. E ripensaci.»

Alberto lo guardò con una smorfia di disprezzo.

«Dài, biondo...»

«Non chiamarmi biondo.»

«Dài, socio, guarda almeno se c'è qualcosa che ti piace. Un *cadò* per la *fumna*» sorrise, sforzandosi di sembrare complice. «Per la tua nuova donna.»

Alberto vide che nel tesoro c'erano anche cimeli tedeschi. Regali camerateschi ai compagni d'arme italiani. O piccoli furti, ai danni di alleati che presto sarebbero stati nemici. O trofei della breve guerra senza speranza dell'8 settembre. Alberto prese una mostrina da ufficiale nazista. Se la mise in tasca. E se ne andò senza una parola, fissando Moresco negli occhi.

29

San Benedetto Belbo, sabato 30 novembre 1963

Scivolò già alla prima curva del sentiero; e il gorgo era duecento metri più in basso.

«Johnny, sei sicuro di quel che fai? Non vuoi che parliamo qui?»

Ma lui voleva davvero farsi portare in riva al Belbo. Negli ultimi metri, Alberto dovette quasi trascinarlo. Il tappeto di erba e muschio era lo stesso dove da ragazzi si coricavano a guardare le nuvole. Si alzavano per pescare i gamberi di fiume, da mangiare crudi, o le rane, da fare fritte a casa, la sera. Poi tornavano a coricarsi sul verde.

Stavolta Alberto non aspettò che Amilcare Braida cominciasse con le sue domande. Aveva lui una storia da gettare fuori. E gli parlò di Virginia. Gli parlò come non aveva mai fatto con nessuno. Glielo impediva il pudore, il rispetto per la memoria di lei, l'idea che la sofferenza dovesse sempre restare privata. Ora prevaleva l'idea che il mondo e soprattutto la città dovessero sapere. Non importa se Braida vendeva pochi libri, ad Alba. Nel giro di pochi giorni avrebbero saputo tutti di come Moresco avesse mandato proprio lei, di cascina in cascina, di nascondiglio in nascondiglio, ad avvisare che era cominciato il rastrellamento, e i tedeschi con i fascisti salivano da Alba sulle colline, lungo la strada per Treiso. Vittoria aveva protestato: sua sorella ormai era conosciuta, si sapeva che stava con i partigiani; sarebbe andata lei piuttosto. Ma Moresco era stato secco: «Proprio perché conosce i partigiani, e sa distinguerli dalle spie, è Virginia che deve andare». Poi, quando la presero, Moresco mise insieme una piccola banda per liberarla. Forse per senso dell'onore, forse perché sapeva di averla esposta molto. Ma quelli in caserma avevano le mitragliatrici, e alle prime raffiche se n'era venuto via.

Braida non fece altre domande. Sapeva bene anche lui come i fascisti avessero straziato Virginia. Si raccontava che fossero inorriditi persino i due fratelli Vergnano, la vergogna di Alba, e avessero cercato di abbreviare le sue sofferenze: loro dovevano pur tornare in città, e non volevano portare quella macchia per tutta la vita.

Alberto capì quel che il suo amico stava pensando, e volle strappare via quel pensiero. Cominciò a recitare una lettera, con una sicurezza tale che per un attimo ad Amilcare parve che la stesse leggendo, anche se ormai era scesa la sera, non si vedeva più niente, e pure il Belbo lo si sentiva soltanto.

«Anche quando saremo lontani, vorrei che il mio

amore fosse sempre con te, come un pensiero allegro in fondo alle giornate tristi, o un amico che ti fa compagnia quando sei sola. Spero che il mio amore si renda utile, come lo scialle che indossi quando hai freddo e posi quando voli via, libera e leggera. Attenta però a non dimenticarlo, a non lasciarlo chissà dove. Maneggialo con cura, il mio amore, quando lo porti in giro: bada a non urtare gli spigoli, proteggilo dalle chiacchiere indiscrete. Ricordati che il mio pensiero ti segue sempre, il mio cuore ti appartiene, e la mia anima è ovunque tu sia.»

30

Alba, lunedì 26 aprile 2011, ore 18

«Uno!»

La voce di Sylvie chiamava i colpi con tono alto, spavaldo, per poi piegarsi in un singulto roco.

«Due!»

Roberto Moresco all'inizio aveva esitato. Poi aveva capito che non doveva farlo per sé, ma per lei.

«Tre!»

La schiena sottile di Sylvie iniziava a rigarsi.

«Quattro!»

Anche Roberto cominciava a prenderci gusto. Gli era già successo. Mai però con donne preziose e delicate quanto Sylvie.

«Cinque!»

Il suo punto più bello era dove la vita stretta si allargava su un bel culo candido, su cui risaltavano i segni rossi.

«Sei!»

Roberto attenuò il colpo. Gli pareva di sciupare quella meraviglia.

«Più forte! Sette!»

Sylvie lanciò un urlo di dolore. Lui fece per chiedere scusa.

«Otto!»

Si presero con disperata intensità. Poi lui la strinse e cominciò a parlarle all'orecchio. Stavolta si raccontarono senza reticenze, con la confidenza assoluta di un uomo e di una donna che non hanno avuto pudore. Rimasero a lungo abbracciati, per un tempo senza minuti né ore, a conversare in sussurri.

31

Alba, sabato 21 aprile 1945, ore 7 e 30

Appena riconobbe l'uomo oltre la grata, padre Bergoglio si impose di restare immobile. Ma dentro di sé ebbe un moto di disgusto e repulsione. Pensò quanto era duro il mestiere di prete. E si dispose ad ascoltare e, se necessario, a perdonare.

«Padre, sono venuto a mettermi sotto la sua protezione.»

«Quando si dice un mutamento repentino. Fino all'altro ieri facevate la faccia dura, quando venivamo a chiedervi la vita di un prigioniero.»

«Padre, eravamo in guerra. E ora la guerra è finita. Mio fratello è morto. Temo per la mia vita.»

«Sei venuto a confessarti, immagino.»

«Anche.»

«Come sarebbe "anche"? Questo è un confessionale. Non un lavacro. Tantomeno un nascondiglio.»

«Per carità, padre. Sono venuto a raccontarle i miei

peccati. Ma anche a chiederle se, dopo avermi perdonato e assolto, lei potesse...»

«Non mi pare che tu sia nella condizione di chiedere. Comincia con un gesto di umiltà. Ti ascolto.»

«Padre, in realtà io non sono pentito di nulla. Rifarei quello che ho fatto, dal primo all'ultimo giorno di guerra. C'è una sola vita che mi sento sulla coscienza.»

Padre Bergoglio lo lasciò parlare, senza interromperlo con altre domande.

«Quella donna. Virginia. Forse avrei potuto salvarla. Non mi dà pace quello che le abbiamo fatto. Ma io ho cercato...»

«Tu l'hai aiutata, vero? Hai cercato di salvarla, non è così?»

«Sì, io ho provato... e il mio povero fratello con me... abbiamo detto agli altri che non si doveva farle del male. Fucilarla, magari. Non mancarle di rispetto. Ma i camerati erano fuori di sé. Avevano bevuto. Ed erano lontani da casa. Senza freni. Avrei dovuto impormi: io invece ero a casa mia. E quella che avevo davanti era pur sempre una donna di Langa, delle nostre parti. Ma cosa potevo fare? Eravamo da soli, io e il povero Alessandro. E così...»

«Così cosa?» lo interruppe padre Bergoglio, con la voce arrochita di chi tace da tempo e ancora preferirebbe tacere.

«Giuro che io non volevo. Avrei preferito farla finita subito. Mi hanno costretto. Io non volevo, capisce? E neppure mio fratello, lo giuro anche per lui. Tutti attorno alla ragazza, con i coltelli sguainati... È stata una cosa orribile. Mi deve credere, padre. Orribile.»

«Ti credo, Vergnano. Ti credo.»

I due rimasero a lungo in silenzio. La cappella del confessionale era vuota. Le due vecchine che pregavano nell'ultimo banco della cattedrale se n'erano andate quando avevano visto intrufolarsi il fascista, e ancor grazie che non fossero corse a denunciarlo.

«*Ca 'm perduna armenu chiel*, padre. Almeno lei, non mi neghi il suo perdono. E il suo aiuto.»

Padre Bergoglio sentì che non avrebbe sopportato a lungo la vicinanza di quell'individuo. Capiva che Vergnano stava parlando piemontese per cercare la sua complicità. Stabilì di concedergli quella dell'uomo. Non quella del sacerdote.

«Adesso basta, Vergnano. Vai in sacrestia. Esci dalla porta su via Vida, verso il convitto. Fai in modo che non ti veda nessuno. Sali verso Madonna di Como. Lì c'è un prete che aiuta quelli come te. Penserò io ad avvisarlo.»

«Grazie, padre. Sapevo di far bene a rivolgermi a lei.»

«Non mi ringraziare. Parti. Non è prudente che ti vedano qui.»

«Parto, parto subito. Mi dia l'assoluzione, però.»

«Non c'è tempo.»

Vergnano capì. Ancora qualche giorno prima avrebbe reagito all'umiliazione. Stavolta invece supplicò con un gemito: «Padre, l'assoluzione...». Ma gemeva in un confessionale vuoto.

32

Alba, domenica 1 dicembre 1963

«Ne hai fatta di strada, Milcare, da quando spingevi il carretto di tuo padre...»

Padre Bergoglio era stato l'insegnante di Amilcare Braida al liceo. Forse il mito di Cleobi e Bitone gli era tornato in mente nel vederlo trascinare la carne dal macello alla bottega, all'alba del primo giorno di scuola, coprendosi il viso per non essere riconosciuto più tardi in classe dai figli di avvocati e notai.

«Padre, guardi dove mi ha portato, tutta questa strada.»

«Ti ha portato dove finiremo tutti, Milcare. Anche io. E più presto di quel che pensi.»

«Sarà una bella gara a chi arriva prima, tra me e lei.»

«No, Milcare, tu devi ancora vivere. Sei giovane. Hai diritto ad altri anni. Io pregherò per te. Ma tu devi farmi una promessa.»

Ecco perché padre Bergoglio aveva voluto vederlo nell'aula del liceo, che per lui era aperto anche la domenica pomeriggio, almeno da quando aveva fatto assumere da Tibaldi il nipote del bidello.

«Cosa posso fare per lei, padre?»

«Mi dicono che stai scrivendo una storia che riguarda la nostra città.»

«È tutta la vita che scrivo storie della nostra città.»

«Infatti qui non ti amano. Ma le tue sono belle storie. Un giorno saranno lette e conosciute, e daranno lustro ad Alba. A maggior ragione, devi qualcosa a chi ti ha insegnato a scrivere.»

«Lei mi ha insegnato a scrivere e a parlare chiaro, padre.»

«Sarò chiaro, dunque. Mi riferisco alla vicenda che stai narrando ora. Sei sicuro ne valga la pena? Che valga questi giorni che potrebbero essere i nostri ultimi? I più preziosi?»

«Certo che sì. E lei come fa a sapere quel che sto scrivendo?»

«Lascia stare. Credo che quella storia tu non debba scriverla.»

«E portarmela nella tomba?»

«Quando sarà il momento, sì. Come farò io. E sarà meglio per tutti.»

«E perché mai?»

«Perché i tesori hanno un senso se si fanno fruttare. Se li consegni alle persone giuste, a chi distribuisce i frutti in città. Ma se prevalessero la contesa, l'invidia, il furto, il rancore...»

Amilcare Braida lo interruppe, con il tono definitivo di chi ha poco tempo: «Padre, dove sono finiti i soldi? La sua parte, almeno».

«Non mi sono mai piaciute le persone che vogliono sentire quello che già sanno. Non è da te.»

«Dove?»

«In riva al lago. Nel posto più adatto. Prometti, Milcare, e io non solo pregherò per te, ma ti farò curare a Roma, dai medici che hanno seguito il Papa.»

«Altrimenti?»

«Altrimenti pregherò comunque, per la tua anima.»

33

Castellinaldo, lunedì 26 aprile 2011, ore 19

Era già quasi buio. La primavera tardava, e un tramonto freddo scendeva sul cortile con i due ciliegi, ancora lontani dal dare i frutti.

«Signor Rinaldi, ha un momento per me?»

«Alberto. Mi chiami Alberto. Mi chiamano tutti così.»

«Va bene, Alberto. Come può immaginare, sono qui per il caso Moresco. Lei era suo amico, vero?»

«Amico è una parola grossa. Diciamo che lo conoscevo molto bene.»

«Da quanto tempo?»

«Lei dovrebbe saperlo. Abbiamo fatto la guerra insieme. Abbiamo diviso tutto. La fame, la fatica, le fucilate. Poi lui ha fatto fortuna. Io, come vede, no» disse indicando il pollaio e le gabbie dei conigli che stava sfamando.

«Però avevate qualcosa in comune.»

«Non sia volgare. Non alluda.»

«Non sarò volgare. Sarò chiaro. Lei aveva una relazione con la moglie di Moresco?»

«Sì. È un reato forse?»

«No, non è un reato. L'omicidio però lo è.»

«E perché avrei dovuto ucciderlo? In teoria, lui avrebbe dovuto uccidere me. Delitto d'onore. Dite così voi al Sud, vero?»

«Lei ricattava Moresco per via del segreto? Del tesoro?»

Alberto versò il mangime tutto in una volta e fece cenno all'ispettore di seguirlo in casa. Chiuse la porta e le imposte, lasciando filtrare solo un'ultima fessura di luce. Rimase a lungo in un silenzio che il poliziotto rispettò. Poi prese a parlare.

«Io non ricattavo Moresco. Né l'ho derubato. Lui ha derubato me.»

«Non le ha mai dato la sua parte?»

«Sono io che non l'ho mai voluta. Lui mi ha tolto qualcosa di molto più prezioso. E ha pagato solo una frazione del suo debito, passandomi da vivere, mentre faceva i miliardi in giro per il mondo. Suo figlio vive come un principe. Io di figli non ne ho avuti. Sono vedovo da sette anni. Anzi, da quasi settanta.»

Solo allora l'ispettore si accorse della grande foto appesa alla parete. Erano tre ragazze abbracciate.

«Si assomigliano, vero?»

«Molto.»

«Solo due, però, sono sorelle.»

«Chi sono?»

«La prima è Virginia. Poi c'è Vittoria, sua sorella. L'ultima a destra è la loro amica Esterina. Mia moglie.»

Alberto rimase a lungo in silenzio. Poi si decise a chiedere:

«Lei ha parlato con il fascista, vero? È Vergnano che mi accusa?»

L'ispettore non rispose.

«A questo siamo arrivati? La polizia crede ai fascisti e non ai partigiani, a quelli che si sono battuti per la libertà?»

«Non ho detto questo. Se credessi che il colpevole è lei, la arresterei.»

«Quindi non mi arresta?»

«No. Devo chiederle però di consegnarmi il passaporto, e di restare a disposizione dei colleghi.»

«Il passaporto è scaduto. Alla mia età, dove vuole che vada? Non ho badanti da visitare in capo al mondo. E non sono mica miliardario come Moresco. O come» e qui fece una piccola pausa, «come Tibaldi.»

«Che c'entra Tibaldi?»

«Niente, per carità. È lui l'altro miliardario del paese, no?»

L'ispettore fece per andarsene. Poi tornò indietro, senza lasciare ad Alberto il tempo di chiedersi se l'avesse fatto apposta.

«Un'ultima cosa. Ha mai visto questa?»

Davanti alla mostrina dell'ufficiale tedesco, Alberto diede un colpo di tosse.

«Certo che l'ho vista. E non capisco come possa essere in mano sua.»

«Pensavo che me l'avrebbe spiegato lei.»

«Vorrei saperlo. Non adesso, però. Mi arresti, se crede, se può. Altrimenti, se ne vada.»

34

Primavera 1945

Le ultime settimane di guerra ad Alba sono terribili. Sempre più partigiani, stanchi di nascondersi e scappare, sono decisi a dare battaglia. Così, quando si viene a sapere che i fascisti sono a Canelli, in cinque partono con i mitra a tracolla, in bicicletta, pedalando come forsennati.

I fascisti, avvertiti – dappertutto c'è sempre qualcuno che avverte i fascisti –, li aspettano lungo la strada, nella piazza di Valdivilla, nascosti in una casa. Li prendono d'infilata: prede facili. Sotto il fuoco delle mitragliatrici cade Pinin, cinquantasei anni, il veterano, padre del comandante Poli, che aveva invano tentato di trattenerlo: «*Cusa vati a fé? La guera a l'è finija*». Cade il suo amico Oscar. Cade Potenza, un aviatore nato in Lucania, uno dei tanti meridionali che avrebbero potuto tornare a casa propria anziché restare a combattere al Nord, per altri italiani che non avevano mai visto e non avrebbero mai conosciuto.

I partigiani che hanno sentito gli spari arrivano alla spicciolata. Tra loro c'è anche Amilcare Braida: Johnny. E c'è Alberto. Ma riescono solo, acquattati in cima alle colline, a vedere i fascisti che finiscono il lavoro. Settimo Borello, Set, che è nato proprio qui, a Valdivilla, è ferito a un piede. Si nasconde dietro un carro pieno di vino, che esce a fiotti dai buchi aperti dalle pallottole. Dario Scaglione, Tarzan, che diciannove anni non li ha ancora compiuti, se lo carica sulle spalle, lo nasconde in una cascina. I fascisti seguono la scia di sangue. Tarzan lo fucilano subito. Lui chiede di poter almeno lasciare un biglietto per la famiglia. Così scrive su un foglio appoggiato al muro su cui morirà: "Carissimi Genitori, vi mando l'ultimo saluto prima di essere fucilato. Un grosso bacio a tutti papà mamma Marco Adelina e al mio nipotino Franco. Ciao Dario".

Set viene trascinato via con le mani legate. Zoppica. Lo fucileranno il giorno dopo, contro il muro del cimitero di Canelli. In piedi su una gamba sola, come le gru.

35

Alba, domenica 1 dicembre 1963

«Ti giuro che non lo so.»

«Non è possibile che non lo sai. Una madre certe cose le sente.»

«Tu non puoi sapere cosa sente una madre.»

«E lui? Lo sa già?»

«No. Gli farò una sorpresa, una di queste sere. Sarà una buona scusa per i prossimi nove mesi.»

La discussione andava avanti da ore. Ma, per una volta, Vittoria e Alberto avevano una buona ragione per discutere.

«Devi dirmi se il bambino è mio o suo.»

«Alberto, non lo so. Cosa vuoi che ti dica. Lo vedremo quando nascerà...»

«Come puoi essere così cinica?»

«Calmati. Se sarà femmina, la chiameremo Virginia.»

«E se è maschio?»

«Roberto. Come tuo padre.»

L'argomento sembrò rabbonirlo per un poco. Poi Alberto ricominciò.

«Conta i giorni. Non puoi aver fatto l'amore con tutti e due nello stesso giorno. Non puoi!»

«Io l'amore lo faccio solo con te.»

«Questa è bella. Allora il figlio è mio.»

«Credo di sì.»

«Credi? E perché non ne sei sicura?»

«Perché a casa faccio il mio dovere. Che non significa fare l'amore.»

«Vittoria, è il tuo primo figlio. Alla tua età, quasi un miracolo. Sarà anche l'ultimo. Come puoi pensare di crescerlo senza sapere chi è suo padre?»

«Il tempo ci darà la risposta, Alberto. Tu gli resterai vicino. Te ne darò modo, te lo prometto. Per me, sarà anche il figlio del nostro amore.»

«Sarà il figlio dell'uomo che lo crescerà.»

«No. Lo educherò al rispetto per suo padre, per i beni di famiglia. Ma innanzitutto sarà figlio mio. Mio, hai capito?»

36

Alba, martedì 27 aprile 2011, ore 9

Non c'erano sedie davanti alla scrivania di Tibaldi. Sylvie se ne fece portare una. La schiena le doleva ancora. Nell'appoggiarsi contro lo schienale di legno, un brivido di eccitazione la passò da parte a parte.

«Immagino che lei abbia molto da raccontarmi.»

«I miliardari sono davvero uomini singolari, dottor Tibaldi. Non ho mai conosciuto nessuno che pagasse così bene per sentirsi dire quello che già sa.»

«E sarebbe?»

«Moresco era ricattato. Da un suo vecchio compagno partigiano. E da un fascista. Non che lui ne avesse davvero paura. Li pagava, un po' per tenerli buoni, un po' per tenere a freno la propria coscienza. Negli ultimi tempi, poi, si era messo in testa una strana idea...»

«Vale a dire?»

«Credo che volesse restituire il denaro avuto tanto tempo fa, su cui aveva costruito la sua fortuna. Ma questa è una storia che lei conosce bene.»

Tibaldi scoppiò in una risata nervosa.
«Questa poi... Restituirlo a chi?»
«Al popolo, diceva. Al partito.»
«Quale partito?»
«Non lo sapeva bene neppure lui. Il partito di Moresco non esiste più da vent'anni. Ma i capi che ne hanno cambiato il nome sono ancora lì. Uomini di potere, che di denaro hanno sempre bisogno. I partiti contano sempre meno, e loro contano sempre di più. Creano correnti e le chiamano fondazioni. Fanno affari. Aprono cliniche e le intestano alle mogli o alle fidanzate. Entrano nelle banche. Comprano e vendono. Vanno in barca. E a tutti piace mangiare bene e bere meglio. Loro amano venire qui in provincia. E i provinciali amano compiacerli.»
«Penserà mica che sia un delitto politico...»
«Non ho detto questo. Dico che Moresco sentiva un peso sulla coscienza. E cercava di liberarsene in qualche modo. Non voleva che il figlio ereditasse, con i soldi, la colpa. Credo di aver capito che quel denaro, la sua parte del tesoro, lui l'abbia sempre considerata un prestito.»
«Un prestito?»
«Sì, un patrimonio da investire, in nome e nell'interesse di altri. Ma solo un uomo con la sua storia poteva ragionare così. Oggi la sua storia è finita. E quel denaro è solo denaro. Moresco aveva molti soldi da spendere, e molti conti da saldare. Viene il momento che i creditori si fanno esigenti, i conti ti arrivano tutti insieme, e i soldi non bastano più.»
Tibaldi sembrò scosso da un lampo.

«Grazie, signorina. Lei non ha perso tempo. È andata subito al sodo, e questa è una cosa che io apprezzo molto. Farò in modo che lei possa apprezzare la mia riconoscenza.»

Sylvie era compiaciuta dalle parole di Tibaldi, ma anche un po' delusa dal tono sbrigativo con cui la stava congedando.

«E lei, dottore, adesso cosa farà?»

«Adesso? Una cosa che da un po' mi capita sempre più spesso. Telefonerò alle mie figlie, per sapere cosa stanno facendo. Cosa preparano per il futuro. E cosa pensano del loro vecchio padre.»

37

Alba, sabato 21 aprile 1945, ore 23

«Biondo, dammi retta: non mi sembra una grande idea.»

«Io domattina parto. E non chiamarmi biondo.»

«Alberto, la guerra è finita. Cosa vai a fare a Madonna di Como?»

«Andiamo ad aggiustare qualche conto.»

«Alberto, ragiona. Non sai quanti sono i fascisti. Non sai dove sono nascosti, chi li protegge. Sono sconfitti, spaventati, in fuga. Come le belve: il momento della disperazione è il più pericoloso.»

«No, Domenico, la guerra non è finita. È finita per te. Ormai sei un uomo ricco. Non hai più bisogno di combattere. Per te, non c'è più niente da conquistare.»

«Quanto ti sbagli. Non capisci che tutto comincia adesso? L'Italia è da rimettere in piedi. È ancora tutto da fare. Ora abbiamo i mezzi per fare qualcosa di grande. *Belesì, an Alba.*»

«Certo. Una grande, bella villa, qui ad Alba, dove nascondere l'oro. E i rimorsi.»

Moresco rimase in silenzio, a godersi un poco la luna, il fresco, le rane. E il vino.

«Il nostro vino è il migliore del mondo. E nel mondo lo porteremo. Questa è l'alba di una nuova era. Ci saranno ricchezza e lavoro per tutti.» E levò il bicchiere, in un brindisi solitario: *«Söd e travaj!»*.

«E bravo Domenico. Il tuo comunismo è durato appena il tempo della tua miseria.»

«Si vede che non mi conosci poi così bene. Io resterò sempre comunista. E un giorno restituirò al partito quello che ho preso in suo nome. Che cosa avrei dovuto fare? Lasciare tutto ai preti?»

«Perché no? I preti. I vecchi padroni, i tuoi nuovi amici. Complici del tuo segreto.»

Moresco assunse un'aria ispirata, solenne. Era il suo modo di reagire, quando era provocato.

«Alberto, ricordati di questa notte, perché te lo dico una volta sola. Un giorno il nostro vino lo venderemo in America. In cima a un grattacielo.»

«Pure tu ricordatelo, Moresco, perché anche io te lo dico una volta sola: un giorno, quando meno te lo aspetti, chiederò il conto anche a te. E ti uccido.»

38

Alba, domenica 8 dicembre 1963

Amilcare Braida lo seppellirono di domenica mattina, sotto la prima neve. Funerale civile, di ultimo grado: né fiori, né soste, né discorsi. Così aveva chiesto. Era morto senza un lamento, senza un'imprecazione, senza una lacrima. Al suo professore di greco aveva ricordato, in un ultimo soffio di voce: «Siamo debitori di un gallo ad Asclepio», come quando si guarisce da quella malattia che è la vita.

La bara fu portata a turno dai compagni partigiani e dagli scrittori venuti da Torino. Il corteo passò in una città distratta, lungo lo stesso tragitto del carretto con la carne che lui spingeva a capo chino, per non farsi riconoscere dai compagni di scuola. Il bar delle partite a carte, la vecchia macelleria, il liceo. Padre Bergoglio volle parlare lo stesso. Appena un saluto, si giustificò. «*Requiem aeternam dona ei, Domine, et lux perpetua luceat ei.* Arrivederci, Milcare.»

39

Alba, martedì 27 aprile 2011, ore 10

Non si è mai capito bene perché lo abbia fatto. Perché poi in pieno giorno, come per una confessione. Come dovesse rivendicare anche l'altro delitto, per nascondere qualcosa, o coprire qualcuno.

Vergnano aveva aperto la porta senza guardare. Era l'ora del postino. Bella mossa, per un killer. Ma Alberto non ci aveva pensato.

La sua vittima se lo trovò di fronte, con il fucile in mano. Non tentò neppure di chiudere la porta. Fece qualche passo indietro, portando d'istinto le braccia avanti, quasi per parare il colpo. La prima fucilata gli trapassò le mani, come a un Cristo.

Alberto uscì con calma, mentre i vicini si affacciavano per capire cosa succedeva. Andò a consegnarsi in questura come se uscisse a passeggio.

40

Torino, domenica 22 aprile 1945, ore 5

"Mia cara, mia amatissima, è giunto il plotone d'esecuzione. È come se mi liberassero. Come se finalmente potessi raggiungerti, e stessi arrivando a casa da te.

Voglio innanzitutto che tu sappia che lascio ai nostri figli un nome onorato. Da me non hanno avuto un solo nome, una sola notizia. Ho difeso i miei uomini e ho compiuto sino in fondo il mio dovere di ufficiale e di italiano."

Fascisti e nazisti erano ormai certi che dal colonnello Murazzano non avrebbero ottenuto nulla. Né potevano lasciarlo trovare agli alleati nelle condizioni in cui l'avevano ridotto. Non restava che farlo sparire, e in fretta. Lui aveva chiesto di scrivere alla moglie, ma gli avevano risposto di no. Il cappellano si incaricò di portare la lettera di persona, e di garantire la segretezza del contenuto. Così il colonnello ebbe il permesso. Scrisse alle prime luci dell'alba. Rifiutò il cibo, per avere il tempo di scegliere bene le parole con cui avrebbe parlato alla sua famiglia nel tempo a venire.

"In Francia ci siamo portati con misura. Avremmo potuto fare di più? È possibile. Ma sono fiero di avere custodito quel che restava della nostra campagna militare, e di avere impedito che servisse alla causa del male. Mi conforta il pensiero che il mio sacrificio servirà a ricostruire il nostro amato Paese, a farne un luogo migliore, dove i nostri figli potranno diventare uomini forti e sicuri.

Crescili nella fede in Dio e nell'amore per la libertà. Quando saranno grandi, fai sì che ogni tanto leggano questa lettera, perché sappiano che il mio ultimo pensiero è stato per loro e per la loro madre, e che il papà non li ha abbandonati. La vita per te non sarà facile, mio amore. Se dovessi trovare un altro aiuto, accettalo. Io comunque sarò al vostro fianco per ognuno dei giorni a venire. Offro le mie sofferenze al Signore, il mio cuore a te, la mia speranza alla patria. Viva il re, viva l'Italia."

41

Alba, lunedì 9 dicembre 1963

Gli affari non erano mai andati così bene.

Antonio Tibaldi lo ripeteva tra sé, ogni volta che si sentiva inquieto. Poi tirava su col naso. Gli piaceva sentire l'odore dolciastro del mosto, che al levarsi del vento saliva dal lago verso la città, come per ricordare a tutti chi comandava.

Era il secondo lunedì del mese, e quindi era arrivata la lista dei nomi da assumere: contadini della Langa per il lavoro stagionale in fabbrica, figli dei borghesi per il lavoro contabile in ufficio. Stavolta l'elenco era più lungo del solito. Padre Bergoglio doveva sentire la fine davvero vicina, e aveva fretta di lasciare tutto ben sistemato. Per buona sorte, il momento era propizio, e consentiva a Tibaldi di risparmiargli l'amarezza dei pochi no che era stato costretto a dire.

L'Italia non era mai stata così ricca, e a maggior ragione Alba. Ora che il laccio che lo legava alla città e al passato stava per allentarsi, Tibaldi poteva pensare di allargarsi un poco. Costruire nuovi stabilimenti per fare il vino anche al Sud. Spostare le attività finanziarie in certi accoglienti Paesi del Nord. E comprare una bella casa al mare, magari a Capri. L'uva sarebbe arrivata anche dal Marocco, dalla Tunisia, dal Libano, dov'era matura già a mezza estate, poi dall'Estremadura, dall'Algarve, dalla Turchia, dove si vendemmiava a ferragosto, per finire con quella tardiva della Francia e della Spagna atlantica. Nell'impero di Tibaldi si sarebbe vendemmiato sei mesi l'anno. Lui stesso si occupava di assemblare i vini. Assaggiava, correggeva. L'importante non era solo fare il vino buono. L'importante era farlo credere tale. E venderlo.

A voler essere pignoli, una cosa che non andava c'era. Il comunista. Tibaldi non capiva dove avesse trovato i soldi. O forse lo capiva fin troppo bene. Non osava però chiedere conferma a padre Bergoglio: sapeva che non amava parlare della faccenda. Ma come faceva quel Moresco a permettersi le barrique più fini, gli enologi più costosi, e pure le recensioni sui giornali specializzati, che gratis non sono mai? Dietro doveva esserci una macchina di propaganda che non aveva la forza della televisione, finanziata generosamente dalla Tibaldi Vini con la pubblicità, ma arrivava ad ambienti che a lui sarebbero stati sempre preclusi. Il barbaresco di Moresco finiva sul palco con il cantante, nel film del cineasta, nel reportage del grande inviato. C'era un'Italia che lavorava e fabbricava ricchezza. Ce n'era un'altra che cercava il potere sulle anime, e prima o poi avrebbe finito per mettersi di traverso, costringendo l'altra a un compromesso ben più faticoso di quello che ad Alba la curia e i partigiani avevano trovato in una notte.

Non che Antonio Tibaldi fosse alla ricerca di notorietà. Dovevano essere noti i suoi prodotti, non lui. Il comunista però andava tenuto d'occhio. Mantenere il silenzio era anche nel suo interesse. Ma con i rossi non si poteva mai sapere. Loro non avevano la confessione, che impone ai cristiani il massimo dell'umiltà e garantisce il massimo della riservatezza. Loro erano capaci di uscirsene all'improvviso con un'autocritica in pubblico. Bisognava spiare Moresco, farlo seguire, essere informati sulle sue mosse. Sapere quali amici vedesse, quali donne frequentasse, quali punti deboli nascondesse. E, al momento buono, se necessario, agire.

Certo il momento non era quello. Tibaldi e il comunista calpestavano terreni diversi. Gli operai erano tranquilli. Padre Bergoglio ormai gli aveva dato tutto quanto poteva, e della sua tutela poteva fare a meno. La lezione fondamentale gli era chiara: l'importante è che tutto resti in famiglia.

Qualche ombra c'era anche lì. Da tempo sua madre dava segni di fragilità nervosa. In quei giorni appariva molto scossa, turbata. Come se la morte del marito, avvenuta anni prima, facesse sentire i suoi effetti nel tempo. Tibaldi era quasi arrivato alla decisione di crearsi una famiglia propria, scegliendo tra le molte donne che il suo talento e la sua ricchezza gli mettevano a disposizione. Aveva sempre detto che i primi capelli bianchi sarebbero stati il segnale. E forse non doveva neppure cercare lontano. Da tempo con la sua segretaria si trovava benissimo, non solo in ufficio. Si era anche convinto che portasse fortuna. In effetti, gli affari non erano mai andati così bene.

42

Alba, martedì 27 aprile 2011, ore 12

«A cosa debbo il piacere di quest'incontro, ispettore?»

Tibaldi aveva la cortesia del superiore che rispetta il ruolo dell'altro, ma lo invita a pesare le parole e a calcolare il tempo.

«Solo qualche domanda, dottore.»

«Volentieri. La ringrazio per avermi preannunciato la sua visita. Come vede, non ho ritenuto di dover chiamare i miei avvocati.»

«Ha fatto bene. Naturalmente, non c'è nulla a suo carico.»

«Naturalmente. Infatti le sarei riconoscente se potesse mantenere riservata questa nostra conversazione.»

«Certo. Ma dalle indagini è emerso che questa vicenda, in qualche modo, la riguarda.»

«E in che modo, se posso?»

«Dottor Tibaldi, lo sa bene anche lei. Moresco è stato ucciso per aver tenuto per sé metà del tesoro. Mi chiedo dove possa essere finita l'altra metà.»

«E la viene a cercare qui?»

«Non vedo altri forzieri, in città.»

Tibaldi inspirò profondamente. Scosse la testa canuta, bianchissima. Poi assunse l'espressione del piemontese che rispetta la divisa, ma non intende prendere lezioni da quello che resta pur sempre un meridionale.

«Vede, ispettore, anche io ho sentito parlare di questa antica leggenda. Sono favole suggestive, non c'è che dire. La realtà è sempre più prosaica. Ma è la sola cosa che conta. In città non c'è nessun forziere. E nessun tesoro. Il tesoro siamo noi. È la nostra voglia di lavorare, di crescere, di investire, di rischiare. È la nostra umiltà. Il piacere di faticare non per se stessi, e neppure per lo Stato, ma per la famiglia, per la comunità. E, ovviamente» sorrise Tibaldi, che talvolta amava compiacersi di se stesso, «per il signor Vincenzo...»

«Chi è il signor Vincenzo?»

«È il mio amministratore delegato.»

«Non lo conosco. Lei ne cambia uno all'anno...»

«Il mio amministratore delegato è il consumatore italiano medio. Ogni volta che assaggio un vino, penso che non deve piacere a me, ma al signor Vincenzo. Non deve essere banale, ma neppure troppo ricercato. Non può essere troppo caro, perché il signor Vincenzo è saggio, e non spende troppo per il bere; ma non può essere nemmeno troppo economico, perché il signor Vincenzo non vuole avere l'impressione di comprare un prodotto scadente.»

«Giusto. Ma tutto questo, mi perdoni, com'è nato?

Com'è che in pochi anni dal nulla avete creato una delle più grandi aziende d'Italia, d'Europa?»

«Dica pure del mondo, almeno nel nostro campo.»

«Appunto: perché? Cosa c'è dietro? Ammettiamo che lei abbia ricevuto, non so come, perché e da chi, l'altra metà del tesoro...»

«Ancora?»

«Non c'è nessun reato, e se c'è stato è prescritto da tempo. Erano gli ultimi giorni di guerra, e lei era ancora un ragazzo. Nessuno la può accusare di nulla. Allora perché non aprirmi il segreto di questa vicenda?»

«Non pretendo che lei lo capisca. Lei, che ha passato la vita a lavorare per lo Stato, e ha fatto bene. Io ho molto rispetto per i poliziotti, i carabinieri, i militari. Spesso li ho voluti al mio fianco, e tolta la divisa si sono trovati benissimo. Lei è credente?»

L'ispettore rimase a lungo in silenzio.

«Non saprei. Così, su due piedi...»

«Non mi dica che non ci ha mai pensato. Crede o non crede in Dio?»

«Sì, ci credo. Ma che c'entra?»

«C'entra. Dio c'entra sempre. Pregare è fondamentale.» Con gli occhi, Tibaldi stava indicando una Madonna nera, simile a quella venerata dagli zingari in Provenza.

«Lei mi piace, ispettore. Assumerei anche lei, se non fossi certo che non accetterebbe. Ma lo Stato non è qui. È lontano. A Roma, a Bruxelles. Posti dove non siamo mai stati, che non ci riguardano. Certo, ci abbiamo messo i nostri uomini, che fanno i nostri interessi e sono ricompensati adeguatamente per questo. Già Torino per noi è una capitale straniera. Si figuri Roma. Guardi la carta geografica. Tracci una riga tra Torino e Savona. Passa per via Maestra. Eppure l'autostrada fa un'ampia curva per passare il più lontano possibile da Alba, quasi trenta chilometri. Milano, poi, è un viaggio. Tanto noi in Borsa non ci siamo e non ci andremo, e se un giorno dovessimo andarci sceglieremmo San Paolo del Brasile o Hong Kong. Questa è una piccola città, che ha scelto di restare piccola. Abbiamo dovuto prendere una rincorsa molto lunga; ed è stata la nostra fortuna.»

«Anche Moresco, nel suo piccolo, aveva fatto fortuna. E l'hanno ammazzato. Fossi in lei, prenderei anch'io le mie precauzioni» osò l'ispettore.

«E io, fossi in lei» concluse Tibaldi con l'aria di chi è abituato a comandare, «invece di cercare tesori che non esistono, importunare ancora privati cittadini, far venire altra ansia a una città già provata, andrei di corsa a mettere le manette all'assassino.»

43

Alba, martedì 27 aprile 2011, ore 13

Alberto era già in manette, di suo. L'ispettore si era preso tempo per mettergli un po' di pressione, ma lui sembrava avere una gran fretta di parlare. Come se fosse molto orgoglioso di aver ammazzato non solo il fascista, ma pure Moresco. O, almeno, che tutti pensassero che era stato lui.

L'ispettore appariva infastidito da quell'atteggiamento spavaldo, ai limiti dell'insolenza. Non disse una parola ai giornalisti in attesa fuori dalla questura, dopo aver messo in rete la notizia del nuovo omicidio che risolveva anche il giallo di Moresco.

«Signor Rinaldi, un uomo che ha appena commesso un omicidio, forse il secondo in tre giorni, non si comporta come lei. Lei sembra quasi voler rivendicare un merito.»

«Ho liberato Alba da un uomo che non meritava di vivere.»

«Lei non ha alcun merito» ripeté l'ispettore, come

se l'altro non avesse parlato. «La colpa è mia. Non la credevo capace di tanto. Invece avrei dovuto proteggere Vergnano.»

«Sì, la colpa è sua, ispettore. Lei a Vergnano ha dato credito. Si è fidato di un assassino, e non delle sue vittime.»

«Qui l'assassino è uno solo, Rinaldi. Ed è lei.»

«Alberto. Tutti mi chiamano Alberto.»

«Rinaldi, chi ha ucciso Moresco?»

«Perché mi chiede una cosa che già sa?»

«Chi ha ucciso Moresco?»

«*Mi ti l' dis nen.*»

L'ispettore alzò la voce per la prima volta in tre giorni: «Parla italiano!».

«*Mi ti dis niente.* Se non capisci il piemontese, sono affari tuoi. Manda a chiamare l'interprete, come fate in Sicilia quando interrogate i mafiosi.»

Fu il commissario, che era rimasto a fumare in un angolo, a trarre i due orgogliosi dall'intreccio in cui si erano avviluppati.

«Rinaldi, mi pare che lei abbia ancora qualcosa da dire. In piemontese o in italiano, come preferisce. Ma lo dica.»

«Lo dirò, allora. Sono stato io. Ho ammazzato Moresco con un colpo al cuore, con il fucile da caccia. E Vergnano con il vecchio fucile da partigiano. Trattamento speciale. Come ai vecchi tempi.»

«Non capisco. Perché Moresco?»

«Perché gli avevo promesso che l'avrei fatto. E lui sapeva che sono un uomo di parola.»

«Ma perché proprio ora? Perché regolare conti

vecchi di...» qui l'ispettore si fermò per il tempo di un vorticoso calcolo mentale, «di sessantasei anni, proprio adesso?»

«Perché proprio adesso ho scoperto che sono malato, che ne ho per poco. E mi sono detto: ora, o mai più.»

«Ma per Moresco hai fatto le cose di nascosto. All'inizio non sembrava neanche un omicidio. Da Vergnano sei andato in pieno giorno, e dopo sei venuto subito da noi. Perché?»

«Perché Moresco era un partigiano. Ladro, traditore, ma pur sempre un partigiano. Era stato mio amico. Ed era un uomo potente, non facile da avvicinare: mai da solo, sempre in mezzo ad altri. E poi non volevo farlo davanti a Vittoria, davanti al bambino.»

«Quale bambino?»

«Suo figlio.»

«Ma se ha quarantasette anni!»

«Chi hai visto nascere, resta sempre un bambino. Così ho seguito Moresco quando è uscito di casa, all'alba. So i posti dove trova i tartufi neri. I boschi di Costamagna li conosco meglio di lui. Sapevo dove aspettarlo.»

«E Vergnano?»

«Vergnano è diverso. Era un fascista. Stupratore, torturatore. Quando l'altro giorno sei venuto da me, ho capito che eri sulle mie tracce. Che prima o poi mi avresti arrestato per Moresco. E che non mi restava molto tempo.»

«E la mostrina da ufficiale nazista gettata sul cadavere?»

«Era mia.»

L'ispettore non appariva affatto convinto.

«Rinaldi, continuo a non capire. Tu non sei un vecchio malvissuto. Sei un uomo stimato in città, un decorato della guerra di Liberazione, che chiude la sua vita finendo sui giornali ammazzando due uomini anziani come lui.»

«In guerra mi hanno insegnato che il punto non è ammazzare. È chi ammazzi.»

Ma l'ispettore aveva trovato la presa, e non lo mollava più.

«Capirei, nella tua logica, il fascista. Ma Moresco...»

«Chi l'ha ammazzato, non ha fatto male.» Poi Alberto sorrise. Mostrò di non voler più parlare dei suoi delitti. Cominciò invece a recitare a memoria:

«"E pensò che forse un partigiano sarebbe stato come lui, ritto sull'ultima collina, guardando la città la sera della sua morte. Ecco l'importante: che ne restasse sempre uno." Conosci la citazione, ispettore?»

«No.»

«È una frase di un mio amico. Amilcare Braida, Johnny. Mi è sempre piaciuta. Ho pensato che un giorno avrebbe avuto un senso, e ora il giorno è arrivato. Oggi quell'uno, l'unico rimasto, sono io.»

44

Alba, mercoledì 28 aprile 2011, ore 11

I funerali di Domenico Moresco furono il fatto più importante in città dall'anno dell'alluvione. C'erano i miliardari di mezza Europa e le bandiere rosse stinte del defunto Partito comunista, con le delegazioni dei partiti che gli erano sopravvissuti. Fu un funerale laico, senza neppure un prete. Suonarono con la chitarra le canzoni partigiane, a cominciare da *Bella Ciao*, che da quelle parti durante la guerra vera non si era mai sentita. Si levarono pugni chiusi, e fuori dal muro del cimitero si brindò a barbaresco.

Vittoria, la vedova, sembrava stralunata. Roberto Moresco rimase sottobraccio alla madre e alla moglie per tutto il tempo, scambiando di tanto in tanto sguardi d'intesa con le ragazze che gli mandavano un bacio o un gesto di saluto. Lavinia fece per venire avanti, poi incrociò lo sguardo delle signore Moresco, e rimase al suo posto. L'unica che non ci badò fu Sylvie. Lei e Roberto si abbracciarono stretti, a lungo. Il sindaco con fascia tricolore tenne un lungo discorso. L'ispettore non si fece vedere. Antonio Tibaldi mandò una corona di fiori.

45

Strada tra Alba e Costamagna, domenica 25 aprile 2011, ore 5 e 30

Il furgone saliva lento, con un ronzio che si accentuava in ripresa, dopo ogni curva. Il conducente aveva allacciato la cintura di sicurezza e badava a non superare i limiti di velocità. Sapeva che poliziotti e carabinieri fermano più volentieri le brave persone, come lui. E lui quella mattina doveva stare attento a non farsi fermare.

A una curva più secca sentì il carico sbattere. Imprecò e scese a controllare. Per fortuna non si vedeva quasi nulla. Appena un livido, sulla tempia destra. Si rimise alla guida, con un sorriso di sollievo. Alla curva successiva sentì un altro tonfo, più lieve. Era caduto dal sedile il libro di Gaetano Gaetani, "l'ultimo giallo dello scrittore delle Langhe" come diceva la fascetta, ingannevole ma più sintetica del titolo, decisamente presuntuoso: *L'arte di sparare con un fucile da caccia un solo minuscolo proiettile.*

Da bambino era stato molte volte in quei boschi, a cercare i tartufi con suo padre. Per prudenza, aveva ripercorso la strada il giorno prima. Quella mattina dovette fare il giro largo per evitare una Panda rossa con due *trifulau*. Sulle prime si prese paura. Poi pensò che quegli intrusi potevano servire a far perdere un po' di tempo alla polizia.

Telefonò a Lavinia. Era già in macchina verso Fiumicino. Il suo aereo sarebbe atterrato a Caselle alle otto. C'era tutto il tempo.

Raggiunse l'uomo che lo aspettava, a bordo del fuoristrada del padre. Alberto lo aiutò a tagliare una gomma e a sdraiare il corpo tra i rovi. Poi Roberto Moresco estrasse dalla tasca la mostrina da ufficiale nazista che Alberto gli aveva regalato tanti anni prima. Gliela fece vedere, prima di gettarla sul cadavere. Si scambiarono un sorriso: complice quello dell'uomo, appagato quello del vecchio. Alberto sentì che Virginia poteva infine riposare. Roberto non si era mai sentito così sicuro di sé. Poi insieme levarono lo sguardo, verso la prima luce dell'alba.

Nota dell'autore

I personaggi di questa storia sono frutto di fantasia. Qualsiasi riferimento a fatti veramente accaduti o a persone davvero vissute è casuale.

Il 25 aprile 2011 non coincideva con la Pasqua, ma con la Pasquetta. Il vescovo di Alba durante la guerra non fu una figura diafana, ma un uomo coraggioso, che ha raccontato in un libro – La tortura di Alba e dell'Albese *– il suo impegno a fianco dei civili e dei partigiani.*

La figura di Amilcare Braida è chiaramente ispirata a Beppe Fenoglio, ma non è Beppe Fenoglio. È un omaggio a un grande scrittore, che tra l'altro non muore a dicembre ma nel febbraio del '63. Johnny non era il suo nome da partigiano, ma una creazione letteraria. Amilcare era il nome del padre di Fenoglio, Braida del protagonista de La Malora. *La vera vita di Fenoglio è raccontata in un bellissimo libro di Piero Negri Scaglione,* Questioni private, *pubblicato da Einaudi, dal quale ho attinto molte notizie, tra cui quelle della battaglia di Valdivilla.*

Il dialetto piemontese è scritto come si legge, non come lo scrivono i puristi.

Non so se ad Alba esista qualche Tibaldi, o qualche Moresco, o qualche Rinaldi. Se esistono, non hanno nulla a che fare con i personaggi della storia. Di sicuro ad Alba non c'è il lago. Non c'è la questura. Forse non c'è mai stato neppure un tesoro.

Forse.

Arnoldo Mondadori Editore S.p.A.

Questo volume è stato stampato
presso Mondadori Printing S.p.A.
Stabilimento Nuova Stampa Mondadori - Cles (TN)

Stampato in Italia - Printed in Italy